L'abécédaire de la littérature

字母會

ㄇ

游牧

comme Nomade

L'abécédaire de la littérature

n

comme Nomade

目次

l'abécédaire de la littérature

字母會

n

N如同「游牧」

comme Nomade

楊凱麟

游牧，相對於定居，但或許只有湯恩比（A. J. Toynbee）懂得箇中原委，他說：游牧者就是不移動的人，他們因為拒絕離開所以成為游牧者。

定居者定居在國家、傳統與歷史之中並樹立建制與典範，游牧者游牧，在於掀起一連串「就地強度旅行」，以便衝決鉗制自由的一切典律。

因為拒絕離開，游牧者一再被迫暴長為犁庭掃穴的戰爭機器，摧毀一切迫使他們離開與衰弱生命之物。「我寧可不要……」巴托比[1]對所有人反覆地說。在動與不動間，他凝重地化身為小說中的一句重複套語，飛掠於語言極端的動與行為極端的不動之間。

游牧者不想離開的是草原，而小說書寫者，是文學。二者都因為發明了純粹（生命）強度而一再瓦解既有疆界，因為發明絕對速度而唐突歷史進程。

正如游牧民族沒有歷史，小說書寫亦從來不是為了擠進或樹立連貫性的文學史，相反的，是為了能再次崩斷已成為束縛與慣性的史觀，但不是為了以另一種新的歷史取而代之，而是根本地致使歷史連續性成為不可能，打破僵直與陳套，破框、解疆域以便開啟無阻障與平滑空間，為了能夠，如尼采所言，最終再吸一口空氣。

書寫者總是自問：如何成為自己語言的游牧者？意思是，如何以高張與無組織的生命由文法、句構、正字法的重重枷鎖中逃逸，以「加冕的安那其」衝決典範、建制與類型的框架？如何再展開與再摺曲大腦而不囚禁於國家與歷史的既有場域？如何解疆域、踰越、出格與脫軌，簡言之，如何以離開「拒絕離開」！

游牧並不需真的移動，有別於沿著規畫路線趴趴走的「外延旅行」，卡夫卡曾提出另一種旅行的可能，內延的或強度的「就地」旅行。可以就是僅在個人房間裡，是碎裂、斷片甚至失敗的，但強度卻更強，對僵化的典範與建制更摧枯拉朽。卡夫卡在日記裡寫道，「我只想要散步，而且這應該就足夠了；然而這世界上卻沒有一個地方我能散步。」

因此書寫，書寫因此悍然與衝決，成為最激進語言平面上的游牧者，魔界轉生為（由羅馬尼亞星夜攜棺馳入倫敦的）吸血鬼德古拉。

所有的旅行都是一種強度旅行，而最激烈的是大腦的旅行，卡夫卡的幽居一室「窗戶卻旋繞著你旅行」。游牧者不移動，他因為拒絕離開而召喚諸差異的強度世界且就地馳騁於高張文字的雷池。

1 梅爾維爾的小說《抄寫員巴托比》。

L'abécédaire de la littérature

字母會

n

游牧

comme Nomade

童偉格

陌生人回到此鎮多年，多數人還是未曾見過他。他住的舊舍位在荒原正中央，小徑隱沒，野草漫過窗戶。在廚房裡，他打一口暗井直通地府。在客廳裡，他用鐵籠圈養一隻蛋雞，像養一株盆栽。在舊舍四圍，他放養各式蔬果，隨它們各自生滅，無有春秋。夏日凌晨，第一道曙光裡，他穿出草叢步上大馬路，看見野狗成群躺倒柏油路面。他丟套索，套住一狗頭，轉身，瀟瀟灑灑回拖草叢裡。中套獵物悶聲哀嚎，群狗四散，伺後又面面相覷返回，繞尾巴，舔卵蛋，再各自懶懶路倒，遺忘失蹤同類，沒有恐懼，沒有語言去哀悼。

夏日漫長，結業式後，不見老師同學，也不必再天天寫兩本聯絡簿，吳佩真開始有點擔心。每天早上，吃過阿嬤準備的早餐，她出門去找好朋友。好朋友一共三人，分別是班長許雅倫，衛生股長郭意婷，和國文小老師呂容華。出門前，她確定自己服裝整潔，頭髮乾淨，書包裡裝了衛生紙。七點整，她按響許雅倫家門鈴。總是許媽媽開門，吳佩真有禮貌，問早安，說已吃飽了，堅持就站門外，等許雅倫來。班長妳要不要和我出去玩，許雅倫來了，她就這麼問。許雅倫沒空，她就去找郭意婷。然後呂容華。呂容華也沒空，那就沒辦法了，吳佩真自己走開，想想今天應該做什麼。

過了一星期，有天晚上，阿嬤跟她說，正常班老師打電話來，說現在是暑假，叫她不要一大早穿制服，跑去同學家按門鈴。吳佩真不很確定老師意思，但不敢問，就打電話給資源班老師。老師接起，說因為現在在很遠的地方，要吳佩真先掛斷，老師會再打給她。吳佩真靜靜等。一夜過後，老師打來，聲音果然比前次靠近些。

聽了老師的解說，吳佩真學到，暑假可以穿制服，按門鈴是正確的做法，但天天去同學家拜訪，是不好的事情。之後每天早上，吳佩真還是著裝完備，自己去便利商店買瓶裝水，奶酥麵包和巧克力棒，然後去學校。學校在好朋友們住的新社區外，一切房舍盡頭，新闢的筆直馬路旁。學校四周都是荒草地，或圍起的建築工地。她走過校門口警衛室旁通道，確認規則無誤，昨天傍晚是在值班的小東，今早仍由他值班。她走到中庭，一棵樹下坐好。那棵樹，是全校最古老的東西，四方望去，老得很突然。樹不高，但有種熟睡的自在，坐在其下，四周牆垣顯得比較遠。

吳佩真坐著，遠望結業式前，她待過一年的正常班教室。結業式當天，老師領大家灑掃，讓它乾淨得像只空箱子，而後關窗鎖門，準備夏天過後，將教室留給未來人。走出那間教室，沿雨廊穿出前排大樓，走過操場，就到了後方的資源班。資源班毋須搬遷，永遠都會在那。她坐著，聽蟬聲隨空氣加溫，一點一點更透響。漸漸有人路過，來工作的，去打球的，但裡頭沒有她等待聯繫的。吳佩真一直流汗，肚子開始咕嚕嚕叫，但她還是坐著慢慢等。要到太陽掛到樹上，看不見了，遠近影子都縮得小小的，也幾乎就要看不見時，吳佩真才會拿出食物和水，閉起眼，一口一口慢慢吃，慢慢喝。

警衛室是頂鐵屋子，像是建校時忘了蓋，後來趕緊加上去。到了正午，裡頭一切皆高燒，冷氣機卻在規定時刻斷電了。待不住人，警衛小東拐著腳，歪頭斜身，靠在屋外偷涼。暑假，中庭不見營養午餐鐵盆陣，小東覷眼，惟見那資源班新生，又在樹下靜坐，獨自野餐。他很困擾，但不想過去，反正她呆坐不吵鬧，也無人鬧她即好。而他講話，她鐵定是聽不懂的。

他看那鐵屋，就像看個胖大點的人，怎麼也搞不懂，裡頭還裝得下一頂臥鋪，一尊抽水馬桶，一具偉大的電話，以及他全部生活的一半。校警就兩人輪值，一人連續值四十八小時，接著放假兩整天，無分年節。暑假若不遇颱風，一般沒事，卻特別累人，特別，是在他看了兩回日出，即將下班的此時。小東原本籃球員身材，口才好，做房仲，玩重機，很能喝。一年公司春酒後，騎車返家途中，他睡過去了，醒來發現竟已過了中秋。生活輕易沒了，因腦傷，他很難控制身體，連清楚咬字都辦不著。之後是復健，從臥診療床，咬牙做各種動作，把沾黏一氣的肌肉扯開，到能不靠輔具歪扭步行，時間過了兩三年。

之後時間就停了，小東占校警保障缺，多年後年近四十，但往後再更長久，他只會被人喚作小東。在一頂及身鐵屋裡，他感覺自己，艱難變成一個自己從未料想過的侏儒，且緩慢地，將更愈無足輕重。每回溝通不暢，如打內線轉達信息，而他們聽不懂他說什麼時，都彷彿告知他，自己彼時的輕忽有多可憎。小東在眾人眼中，成為易怒的人。人們或許理解，他憤怒抗拒的，僅是毫無立場的自憐。但對他的任何理解，都只能是無關緊要的。

到了下午，老事發生。學生中一群新結的孩黨，家長會父母的寵兒，企圖將單車飆進校園裡。小東橫眉怒目，全身張掛通道上，擋下他們，說什麼都不讓。李先生上次就放我們進去了。寵兒首領說。小東不動搖，繼續僵持。你就是要為難我就對了，首領說。大人腔，令人羨慕的發音。好吧，你等著。首領說完，帶領從眾騎車走了。當然等著，小東想，你以為我能去哪。

小東轉身，望見樹蔭下，有個陌生人牽起新生，像自信牧人，牽領一頭羊。小東警覺，奮力跑起來，橫手甩腳，跑得像隻水蜘蛛，一邊大聲叫嚷，發出自己也難以聽懂的語句。陌生人停下動作，遠遠看著小東笑，像在為他打氣。待小東跑近，看清他一口黑牙，和空洞洞一張臉時，他還是凝滯在同一種笑意裡，像幅難以對焦，遠看近瞧都無差別的抽象畫。你幹麼的，小東問。陌生人不回應，良久，咕噥噥吐還幾個音節，小東明白，陌生人是在模仿他說話。

小東生氣了，但還未發作，陌生人兀自帶笑，輕手輕腳走出校門，像本來就沒有什麼，可能阻擋他。陌生人畫出一道動線，把一切都滯重地留在他身後，小東目送，看見太陽偏斜一些，夏日傍晚很長很久，似乎，是完全獨立的一段時程。當夕陽散射光芒，從遠處樓屋縫隙，斷續灑照校園，近前的樹也拉出一團模糊影子。這時的空氣，有種複雜的氣息，炊煙，廢氣，臭汗，與向晚的溼露，什麼都有一些。這時的警衛室，像一座與什麼都無關的孤島。小東再回頭，發現影與影之間，新生還在那，和他一樣汗流浹背，像只有兩人，一起煎熬了這同一個大熱天。小東不禁揚長嘆了口氣。妳、這、樣、很、危、險。小東盡可能一字一字，慢慢跟她說。說了也是白說。或許他想鄭重表達的，只是他對她的理解：有一種可能，終妳一生，無論妳在哪裡，都是危險的。

傍晚，李先生提兩個便當來接班，望見小東歪杵警衛室外，窗內坐著資源班學生吳佩真，兩人像是熟識許久。這倒新鮮，李先生想，因就他所知，小東是從不記得任何學生的。小東看見他。「給她吃。」小東指著吳佩真說，像要李先生去餵一頭動物，邊與李先生錯身，氣呼呼，自往校外覓食去了。

每隔兩日的午後，李先生背背包，從山上住所搭小巴下山，再轉客運，穿過整個城市，來到學校，一趟車程近兩個小時。抵達時，正好趕上放學路隊，李先生從背包拿出制服換上，就能上工。沒人願意如此費時，來到學校當警衛，除非那人就像李先生，再也不可能找到更好的工作。在公司破產，中年失業以前，李先生也曾手提公事包，四處奔波。他熟悉舊大陸新市場的許多機場，有的甫建成，樹小牆新，標語鋪天蓋地，惟其動線不明。與推擠亂竄，無時不在大聲叫嚷的人流共困迷宮時，他覺得逼近眼前的事物，一下全老了。

但彼時，他不覺得那一切與他有關，所有那些人，站櫃檯的，清垃圾桶的，或每隔十分鐘，來吸菸室清菸灰缸的，所有那些在固定位置上，卻又像是被長久閒置的人。直到這樣多年以後，當他第一天風塵僕僕來上工，由一位小兒麻痺症警衛，嚮導他指認學校各個角落時，他才發現，將這個世界翻轉過來，他們一直都在，而他現在，是其中一員了。我叫你小李，你叫我小張就可以了，那人說。

這樣多年以後，人們叫他李先生。他在警衛室泡茶，看夏夜降臨。他看著一位阿婆尋來，找到吳佩真。本該下工了的小東彈起，離牆，指著吳佩真，對阿婆叫罵著難解的什麼，阿婆頻頻道歉，而吳佩真只是定定看著前方。李先生默默看著，等著向他們所有人，再道一次晚安。

阿嬤收完整片新社區的垃圾，與資源回收物，找到她，將她領回家。今天吳佩真學到，如果有人去了很遠的地方，妳要等她再靠近過來，主動聯繫妳。妳是一個記號，一個不可能更移的路標，除此以外，一切都在奔跑，如許雅倫跟她說，她現在已經不是班長了。如隔了一段長假再回來，她們都公開而祕密地，長成更不一樣的人。吳佩真比較慢，但今天她學會想念，與聽懂一切善意的解說，像她從來不曾一次次度過所有這些難解的長假，像她從來就不知道，世界本來就有兩種：吳佩真，以及她們的。前去她們的世界，需要她們的首肯與帶領。因那是一個浮動，且規則由她們恣意重組，而吳佩真並不總能那樣快速意會的領域。

彼時，當她的遲慢尚不為人確知，或正漸漸確知，父母仍在，未因那確知而離異前，他們也曾一同去遠方遊玩，在那些他們所謂的假日裡。那是些父親主導的家庭旅行，由父親坐在房車前座，手握方向盤，迎向前方顛簸路程。她和母親坐後座。她無暇轉頭看風景，或記憶什麼。她得直視前方一個定點，由此去落實每次顛簸，以防暈眩與嘔吐。但這樣的努力總是失敗，最後總是她將體內臟器全數嘔倒在父親車裡，像踐踏了一個關於正常家庭的美夢。

最後總是父親車停路肩，車門大開，母親帶她下車，像清理報廢品一樣細心清理她，而父親走遠一些，靠在欄杆上，固執地吸一根菸。母親的臉。這第一位，也是最後一位，必須下好大決心，才能放棄她的人。最後總是母親獨自坐在後座了，在半廢的歸程。她被綁在助手席，在父親身旁，但她看不見他，從那定定前望的視角，也看不見任何人。雖然父親像是一直都在身旁。這是她的角落，一個一直都在，只能前望去辨識一切浮動的無人之境。她就這麼，努力長成一個保持乾淨的人類。

警衛小東下工，還穿著制服，獨自踽踽走回鄰鎮，兩日以後，再走回來。他盡量不去記掛，關於每個已經踏過的日子，如何提醒他，這樣的總體擱淺有多漫長，像是他很有理由，如現在這樣，停駐在一片荒原裡，發一場美夢。關於彼時那年輕健美的自己，在一場歡宴後快樂沉睡與飛行，無知無痛地死去，那如今，已永遠不可能履及的幸福。

但事實上，他沒有夢見死亡，他比自己理解的還要永遠眷戀生命，像任何一位正常人。他想在放假時，再去一趟水上樂園，一個人歪歪扭扭地前去。他想舒舒服服換上泳褲，戴上墨鏡，塗好厚厚一層防曬油。哪裡都不去，什麼都不需要。他只要躺上那忘川般的循環水道，其中一艘橡皮艇，去全身躺平，浮屍一般，在無盡循環裡，乾乾爽爽睡上一下午的好覺。每次醒來，他都能望見天空，厚意而慷慨的夏日晴空。最好上岸時，能再喝上一杯冰啤酒。如此，他就願意繼續長長久久地生活。

小東不知道，他們把單車留在祕密基地，準備一起做下一件事，事成後再回去取車。到那時，他們肯定就是和現在不一樣的人了。今天比較晚，最後再望一眼天空，等候那麼久，夏天那短暫如詩的夜，還是到來了，橘紅如焚的光害，汙染了四野。不必太好的東西啦，寵兒中的首領說，他不配，就用隨便什麼爛工地撿起的廢木條，或碎磚石，大家每人手上拿好了，我們去獵殺他。你等著，我說過的。

他們知道他下工後，會一個人歪歪扭扭，走上那條荒涼而筆直的馬路，走回鄰鎮。這樣一個殘障或智障，路都走不好，有什麼資格阻擋我們。不要怕，跟著我，首領說。他們看見他的身影了。看見他，停在紅磚道上，眺望什麼也沒有的遠方，一動不動，獨自在做夢。到處無人，天賜良機。他們噤聲，腳步放輕，慢慢逼近。首領你也在發抖。閉嘴，首領說，這不是害怕。這不是害怕，這是發自身體內核的喜悅，因為今天我們要行使特權，在我們如此年輕的時候。今天，事成以後，我們各去回家，將全部忘卻此人，對世界隱瞞我們的作為。讓他們在發現時，更加地震顫與困惑。

這是喜悅，是他們生命中最好的時刻，從現在開始，他們每一步更逼近他，也就更逼近他們從未有過的作為。一切原本可成的，真的，首領想，若不是突然，在他們和他之間，冒出一個陌生人。陌生人從草叢裡竄出，手攤什麼獸類的腿肉，黑黝黝一張臉，嚼著，對他們笑著。陌生人出其不意到來，像走捷徑，從他們久遠的將來，來到他們面前。

對峙。分不清是誰先退卻，先拋下手中破爛往後逃的。如果仍是首領，今天以後他們就全不信他了。如果是首領，這是他最後一次帶領他們，退回那些舊日房舍。他們將看著彼此庸庸常常長大，像各自保守一個不值一提的祕密，沒有希望，他們無法陳述卑怯，他們什麼大事都幹不了。

李先生擔任校警時，完成一項重大改革。經過無數次陳情，他將夏令期間，警衛室裡一天放送四小時的空調配額，拆分為兩段時程，上午十點至十二點，與晚間十點至十二點。晚間十點整，定時器放行，冷氣機開始運轉，李先生巡完校舍回來，躺上臥鋪，盼望自己能在兩小時冷卻期裡，順利熟睡，沒有知覺，像冬眠宇航員，在星與星之間，封固自己的年歲與衰老，而心中可以放心如此寄望，每回清醒的時刻，都是有意義的探險時刻。李先生有時也能成功，而近日世上無事發生。

L'abécédaire de la littérature

字母會

n

游牧

comme Nomade

黃崇凱

第一次見面，吳昌征以一句話概括自己：「DWED.」我的臉大概充滿問號，他補充這句話解壓縮的意思是：「Do What Epstein Do.」

那時我在臺北黑熊球團辦公室，看他脫口秀似的交錯日語、韓語和臺語多方通話，在七三一球員交易大限前，想辦法變出球隊欠缺的先發投手、後援投手和多弄幾個選秀權。交易洽談空檔，吳昌征吩咐助理小謝帶我四處參觀，先對球團有個大致認識。小謝說，來，讓他去忙，我們先到球探部跟大家認識一下。我像是配備特別導覽員的球迷，一一逛了臺北黑熊隊的公關部門、醫療部門、訓練中心和紀念廳。小謝二十八歲，沒打過一天棒球，卻在一支職業棒球隊裡當著總經理特別助理。他看我好奇，主動說，本來也覺得棒球跟自己沒關係，他只是單純喜歡各式各樣的數據（我心想真是個怪咖啊），畢業後在會計師事務所上班，業餘就寫些程式跑數據，偶然發現棒球世界有著滿出來的各種統計數據可以鑽研甚至發明。小謝說，你知道我小時候大家都開始在談大數據，但問題是有各種數據，也得知道怎麼分析、分析之後又該拿來做什麼。重點是你得知道怎麼問問題，尤其要問對問題。人類的行為慣性常會產生遮蔽的盲點和死角。舉例來說，以前臺灣職棒最嚴重的問題就是打假球，職棒七年、八年、十四年、十六年、十八到二十年都爆發過，像是一再復發的惡疾，怎麼都治不好。我想不如來寫個程式偵測球員有沒有作假。沒想到在我之前已經有人這麼做了，據說是幾個科技阿宅球迷接力寫的。總之那個叫作「暗影」的beta版軟體，擷取超高速攝影機捕捉的巨量影像，分析球員的攻守動作慣性，自動找出一些偏離正常數值範圍的樣本，扣除受傷、病痛、技術水準等生理因素影響的場次，剩下的就可能有造假嫌疑。小謝與高采烈描述怎麼在球場各角度架設攝影鏡頭，怎麼修正軟體、debug，領著我往下個部門走。來，這位是我們的醫療總監楊醫師，她會跟你說明我們如何運用全天候監測球員的生理數據，轉化為個別防護方案的參考資料。我聽小謝的導覽說明，裡裡外外轉了一圈，邊看邊想著怎麼組織這些採訪材料。

最初想採訪吳昌征，當然因為他是第一個在日本職棒當上球團總經理的臺灣人。日本職棒從一九三六年起算，至今有九十年歷史，算是經營得相當成功。不過在二〇一〇年代末期，代工起家的臺灣企業集團併購了日本家電品牌之後沒幾年，進軍職棒，買下企業大本營所在的大阪球隊。在此之前，日本政府希望透過擴增日職隊伍到十六隊來振興地方發展，始終沒能成真。最主要的因素是日本社會受到少子化、高齡化的雙重衝擊，勞動人口持續減少。日本官方估計從二〇一〇年代到二〇三〇年左右會減少近三百萬人勞動人口，而二〇二四年以後所有戰後嬰兒潮世代皆邁向七十五歲以上，形成全國三分之一人口在六十五歲以上的超高齡社會。與此同時，負擔日重的年輕人更難生養下一代，愈來愈無法支撐整個社會正常運轉。在這種人口結構下，意圖增建職棒隊伍以活化區域發展，只能說日本政府過於天真了——連基層棒球的球員人數都在下探，如何補充職棒的新血？所以逐步鬆綁外籍球員登錄、上場的限制，成了日本職棒近年的重點議題。當時甫上任的吳昌征受訪就表明，將會全力說服其他球團一起打拚，以求棒球運動的永續發展。

做為第一支具有臺資血統的球隊總管，吳昌征首先要證明的是重建、經營球團的能力。他說，「你上網查我的名字，你會找到許多關於我的資料，還有一個很久以前跟我同名的臺灣棒球選手。他本名吳波，曾經在日職打天下，打擊好、腳程快，綽號『人間機關車』。大家都以為我爸取這個名字是向他致敬，其實一點屁關係都沒有，單純巧合。」他頓了一下，「不過有這種巧合讓大家誤會也滿好玩的。」

吳昌征的媒體緣不錯，大概因為日語應答有禮又相當幽默，更因為他似乎像即溶飲品，隨時融入環境，可以跟球員哈啦，也能跟管理階層協商。他第一年擔任總經理整頓球隊，幾乎砍掉重練，新聘總教練，出清隊上的昂貴球星，從其他隊伍手上換來各種便宜貨，啟用一些二軍表現出色的年輕球員。他的大動作改組，引來眾多媒體討論批評，但結果顯示他不僅省了許多錢，而且還讓球隊變得可以贏球。他在提起那些經歷的時候，皺著臉，像喝到苦茶似的，「你知道，要不是日職的球員市場剛好在那幾年變得活絡一點，擴大每年選秀會員額和範圍，開放世界各國的年輕好手報名，我要那樣做還沒辦法哩。」第二年，他的球隊打進以「高潮賽」為名的日職季後賽，只差幾個出局數就能拿下洋聯王座。他的組隊原則是，不迷信大牌明星，也不妄想握有高預算資金，然後想辦法贏得比賽。「你知道，我們大老闆霸氣又摳門，以前有個傳說是他巡視廠房中途去上廁所，站在小便斗前偷瞄左右兩個員工尿尿，發現他們的尿都不夠黃。他把這視為『操得不夠』的徵兆。所以他一走出男廁就立即召集主管，硬逼他們提高業績目標。現在你知道我那時可沒多少本錢上職棒賭桌。」

棒球的簡明在於盡量創造得分、減少失分，九局打完，高分者勝。對他來說，把比賽分割成各式各樣的環節和元素，理性地改善缺陷、減低缺陷的傷害，提升勝利機率，就是最基本的經營方向。不過棒球一直以來都布滿理性與非理性的戰爭。吳昌征遇到的第一個問題是國族認同。以往日本球員從小到大都是在漫長的野球傳統中打球，受到文化、地區、學校養成、乃至學長學弟制的種種影響，沒想過自己效力的本土球隊不是日本球隊。吳昌征最初幾年把球隊改造得有聲有色，卻有些轉隊球員宣稱自己絕不想待在臺灣人的球隊（但事實上隊裡日本人以外的球員占比不到三成），甚至發生過指名選定的新秀不願簽約的狀況（最後是靠交易他隊選秀權解決）。吳昌征談起這些，「其實類似的反感早在我們大老闆併購日企就出現了。誰叫大老闆那麼狠，臨到簽約硬是大砍人家股價，那些頭洗了一半的日本人大喊言而無信還是含淚接受。我們能怎麼辦？臺灣人在這裡是少數族群，日本連沖繩人、阿伊奴人都不鳥了，不能奢求。所以我的對策呢，就是當年帶領嘉農打進甲子園的近藤兵太郎教練的『三族共和』：不管你是日本、臺灣、韓國還是哪個地方來的，你想好好打球、贏球，那就來這裡和平共處。你有意見、你不想來，那就慢走不送。」

吳昌征的第二道課題是臺灣職棒。自從臺資入主日本職棒隊伍後，開始有些球迷提起一九八〇年代臺灣尚未成立職棒的時候，曾有計畫組隊申請加入日本職棒的掌故。「想想看，如果當年真的循多倫多藍鳥隊、蒙特婁博覽會隊加入美國大聯盟的前例，臺灣棒球必然是另一番氣象。」他接著聊起十幾年前有個立法委員曾在媒體上放話說應該解散臺灣職棒，組成一到兩隊加入日本職棒的舊事。「那個立委被罵慘了，什麼國恥啦殖民狗啦難聽話一堆。新聞傳到日本，好多日本網友說臺灣棒球水準太低了吧憑什麼，不然就是說要把日職戰績最差的隊伍降級丟來臺灣之類的。坦白說，我那時就對這些意見不以為然。要是理會這些，什麼事都做不成。」

吳昌征最被外界批評的就是挖臺灣職棒的牆角，而且一路深挖到大學、高中球隊裡。他聯合日職球團強逼臺灣職棒接受不受年資限定的球員競標制度，讓各隊好手和潛力球員旅日。就像大聯盟不斷吸收日職、韓職最頂尖的球員，日職掃貨一樣掃走最好的臺灣球員（反正費不了幾個錢），也從擴大選秀會管道挑走大量充滿資質的年輕人放進育成選手和二軍陣容。簡單說，就是把臺灣職棒當成低階小聯盟農場。「你得試著換位思考。當初因為日本殖民臺灣，人們才會開始打棒球。而要不是美國軍艦打開日本鎖國，日本人也不會開始打棒球。日本人剛學會打棒球的時候，美國人瞧不起他們，但本世紀初美國大聯盟主辦的ＷＢＣ賽事卻是由日本連續兩屆拿走冠軍盃對吧？——我的意思是，如果棒球生態系體質健全，自然就會發展得不錯。如果欠缺條件，那我們就來創造條件。」他舉出大聯盟三十隊每年選秀有五十輪，合計一千五百名球員；過往日職十二隊每年選秀十輪，加上育成選手，了不起每年有幾百名球員加入。「人家美國那個棒球文化是你可以去做任何感興趣的事，但只要你有一丁點打棒球的天賦，就不容易被忽略。我想我不用多說臺灣的狀況。在這個不被鼓勵玩棒球的環境，很多球員從小到大就是被認為你能打球就打，不能打就去做工，完全沒有輔助系統。大多數球員不知怎麼應對挫敗，沒有基本常識，有些人連看合約簽名都有困難呢。」

吳昌征的做法雖有爭議，卻也不可忽略近年東亞政經社會變動的大背景。日、韓、臺在二〇二〇年代以後，皆陸續陷入少子化、高齡化社會的困境，如何更有效率地活化勞動人口成為共同課題。職業棒球做為一項指標性的運動產業，勢必也得變得更有效率。所以在吳昌征眼中看來，整個亞洲職業棒球市場，就像本世紀初之前的大聯盟球隊，充斥著種種不合理、低效率的沉痾舊疾。我曾問他，麥可．路易士的《魔球》在二〇〇三年出版，任何人都可以從中汲取奧克蘭運動家隊當年的經營策略和經驗，為什麼還是有那麼多球隊經營不善、管理不佳？他像是料準我遲早會問這個問題，露出微笑，「你真的不知道？」他看我點點頭，有點假仙地說：「那我就告訴你這個天大的祕密——我也不知道。」他看我有點訝異，接著：「就像很多經理人都讀彼得．杜拉克的書，也沒幾個真的成功了。二十幾年來，《魔球》幾乎是我們這行的基本教科書，裡面提到的上壘率數據已經得到該有的重視，大家也都知道運動家玩的那套經營策略。所以後來整個市場的效率都提高了，運動家就再也無法占到太多過去寡占的便宜。資訊更流通，也更容易取得。

大概二〇一〇年代以後，大聯盟變成一個難度更高的管理賽局。我只能說，我從來沒那麼慶幸自己生在臺灣。你要知道，直到二〇一〇年代末期，不管業餘或職業的臺灣球隊，只要比分落後，一定膝反射似的下達打帶跑要不就是犧牲觸擊、推進壘包的強迫取分戰術。你說，我是不是有很大的發揮空間？」

吳昌征的話讓我想起科幻小說家威廉·吉布森的名言：「未來已經降臨，只是尚未普及。」他只是在新觀念普及之前，占得先機，接著這些觀念將會隨著他的成就擴散出去，從而帶來改變的契機。以目前的態勢，日職隊伍擴編到十四支隊伍，新增沖繩、臺北兩隊，帶隊成績極為優異的吳昌征，隨即被重金挖角到新成立的臺北黑熊隊擔任副總裁及總經理。他在記者會公開宣誓要「無所不用其極地在任內達成日本一的總目標」。

臺北黑熊隊主場是可容納四萬人座位的臺北大巨蛋棒球場，堪稱全臺唯一符合日本職業級球場的規格。大巨蛋興建之時屢有爭議，延宕經年，啟用幾年後搭上日職第一支臺灣球隊正式成軍，一次滿足臺灣球迷的兩大願望。不過最大的問題是臺北黑熊隊如其名，戰績黑壓壓，勝率不到五成，隊上似乎也欠缺明星。「你問戰績不好？這兩年還不要緊。臺灣球迷可憐太久了，長年沒有好比賽看，也沒有值得全心支持的球隊。以前某些球團動不動脅迫球迷要解散，時不時還有簽賭案發生。每支職業球團都在比爛，缺乏追求進步的誘因，反正球賽從硬體到軟體都爛爛的，每場還是有一兩千人進場，大家得過且過。這不就表示要在這個市場生存太容易了？你信不信，我什麼都不做，臺灣的七十二場主場賽事依然會滿場？」他當然不可能什麼都不做。在我隨隊採訪的三年中，他不斷選入潛力新秀，交易一些即將換約的明星球員「租用」半季，臺北黑熊三季下來的戰績從五成勝率節節上升，第三季已經打進中央聯盟冠軍賽，相當出色。以同一天晚上的例行賽氣氛來看，黑熊隊在大巨蛋主場迎戰傳統勁旅巨人軍，球場滿座，打擊戰的內容讓比賽充滿懸念，最終黑熊以十一比十險勝巨人，全場球迷興奮得像是拿下世界冠軍了。另一頭的新莊球場，臺灣職棒的比賽只有一千多人到場看球，比賽彷彿也應景似的無聊乏味，粗糙潦草地結束。有些球迷在網路上說，「以前只有臺灣職棒看沒感覺，現在終於知道看1A小聯盟比賽是什麼感覺了。」

最近小謝跟我說，他們數據分析室升級了「暗影」軟體，將能更精細評估球員的表現。我疑惑，那套軟體不是檢測打假球的？他說，反過來說，它也能解析優秀球員的比賽行為模式和慣性。我們能從這些理想型打者和投手模組，尋找出體能相近的新人，好好訓練、灌輸正確的打球觀念，從進農場之初就實施養成計畫。我問小謝，問題是哪裡有那麼多球員可找？小謝笑著說：我們有整個世界。

我觀察到，臺北黑熊球團最大的部門是球探暨球員發展部。他們不僅在日、韓、臺四處探訪值得關注的球員，也在美國、南美洲設有球探分部，跟所有大聯盟的球探競逐挖掘球員。二〇二〇年代以後，遠渡重洋到日職、韓職打球的美洲球員愈來愈多，他們獲得的平均薪資水準也超過在美國小聯盟體系球隊打球的收入。於是好球員的選擇變多了，亞洲職棒再也不是競技水準下滑後或養老的選項，而是另一種迂迴前進最高殿堂的機會。我跟小謝提到這些現象，他說，沒錯。職業棒球是殘酷的，雖然球員總數很大，但實際能登上大舞臺的人少之又少。以前亞洲被當成棒球後進地區，一些能力不足的美洲球員來這裡討生活，那是因為他們沒別的活路，只會打棒球。大部分球員教育程度不高，沒法準確評估自己的能力，結果在小聯盟耗去大好青春，打得渾身是傷，最後離開球場可能連在速食店打工的機會都沒有。現在不同了，我們學會應用數據，比賽水準大幅拉高了，還有像吳總那種雄圖大略的管理階層，要來這裡打球，沒幾把刷子不行的。我很好奇小謝跟吳昌征的相處狀態。小謝詭笑，他是不是跟你說《魔球》那套唬爛？我跟你說，不要被他騙了。我有時聽到你們的採訪片段，都疑心吳總幹嘛玩這些。他會跟你扯麥可．路易士的《魔球》，某程度是在誤導你，讓你以為故事的主軸是他描述的那樣。就像麥可．路易士只看到那時候的運動家選秀策略、方針，重視球隊攻擊數據、得分和勝場的關係。但其實那支運動家隊的另一面，或許是更核心的那一面，是他們擁有你老師卡好的三個先發強投，年輕、便宜、耐投、沒什麼傷病問題。還有，書裡徹底忽略當年度的美國聯盟MVP也正好是運動家的游擊手，你說巧不巧？我是覺得啦，棒球要說簡單很簡單，要說複雜很複雜。你有沒有發現，比賽的轉播鏡頭常常是跟著人跑，但那些鏡頭都經過選擇，你其實只看到比賽的一塊片段，看不到人在畫面外做了什麼動作。

採訪這支球團的過程中，為了做功課，我到處看比賽，一軍球隊、二軍球隊、成棒甲組球隊、高中球隊等各種層級，我最喜歡的卻是小學生的軟式少棒賽。通常是在某個河濱公園的簡易棒球場或哪個小學的操場，觀眾幾乎都是家長親友，他們頂著豔陽吶喊加油，看著小孩犯各式各樣的錯，有些真的很好笑，像是跑壘失誤、遍地找不到滾地球，但他們正因缺陷而顯得可愛。在他們黝黑、汗膩的臉上，只有專注在球場的神情。很多時候他們的揮棒開高走低或反過來，手眼不協調，跟不到球；有些小孩投球會模仿喜愛的球員姿勢，比如讓我意外的龍捲風式準備動作，當然控球好不到哪去。可是他們身上蘊藏著最豐厚的未來和可能。不過當我第一次看到最厲害的少棒球員時，真是嚇呆了，除了身材尺寸比較小，他們的動作協調性基本上跟成人差不多。他們之中有人會繼續跟手上的球棒、手套和棒球縫線相處十年、二十年，重複無數次的揮棒、跑壘、守備、傳接球。他們看起來到處比賽，在不同年紀、不同球場、不同賽事，其實哪裡也沒去，就只是花漫長的時間學會控制把一顆球準確投進一些特定方框裡，或者揮舞球棒把球打得飛遠。

吳昌征有次帶我走進大巨蛋球場。那晚沒有比賽、沒有演唱會、沒有布道法會，完全空蕩閒置的一晚。如果滿場使人興奮，那麼空無一人的球場就顯得孤寂。好像任何事物、所有努力和心思都會被巨大的暗啞吞噬。他吩咐管理員開了幾盞外野靠近記分板的大燈，自己站在打擊區，要我站在投手丘上，假裝投打對決。他模仿背號51號的傳奇日本球員的打擊姿勢，右手握棒左手拉拉衣袖，略略翹起右腳，身體規律地擺動。我作勢投球，他即時揮打，隨即快步跑向一壘，繞往二壘，衝過三壘，抵達本壘。一切都在無聲中，整座球場大部分覆蓋著陰影，他打出了一支想像的全壘打。「這份工作最棒的bonus就像現在這樣，我擁有全部的壘包、草皮，還有四萬個座位，但沒人知道我在這裡打出了多少支全壘打。」這個曾經的少棒選手，小時懷著棒球夢，長大當上連鎖大賣場的經理人，繞了一圈回到球場卻不再打擊或投球，而是玩著棒球最艱澀、複雜的形上遊戲。

小謝告訴我，吳總正著手規劃棒球學校，打算從球團系統的二軍、育成選手的球員開始，讓他們學習初級日語、韓語、漢語和英語，全體球團職員都有語言交換分配額。這真是太瘋了。「看看我們的社會，現在沒有多餘的人力可以遊手好閒了吧。我們只有一半的球員可以在二軍生存，二軍的一半進入一軍大概會再篩去三分之二，留在場上的球員平均年資可能不到五年。你說，我是不是該幫他們打算打算？」這是吳昌征的說法。小謝私下表示，這其實還是跟母企業集團有關啦。他們做亞洲長期照護的人力資源布局很久了，這些沒法站穩腳步的球員搖身一變就是勞動力，不好好利用才傻。以前臺灣退役球員走投無路，就是進地方縣市工務局的養護工程處，做些鋪馬路、人行道的粗工。我們有時也說這些上不了一軍的球員就是待在「養工處」，遲早有天都要去做工。

後來我又問了吳昌征最初告訴我那句話的意思。「如果你查過那個人，你就知道他是三十年來改變美國大聯盟生態的關鍵。他擔任波士頓紅襪隊總經理的時候才二十八歲，卻在任內打破高懸八十六年的貝比・魯斯魔咒，拿下兩次總冠軍。後來這傢伙跑去芝加哥小熊隊當總經理，挑戰史上最長的一百零八年未封王的山羊魔咒，居然也給他破除了。對於棒球界來說，到底還有什麼可以征服？」他調校眼神正視我：「你知道，汽車這玩意在二十世紀初是美國人的天下，福特的生產流水線甚至改寫了製造業。哪知道日本汽車在一九八〇年代打爆美國汽車，幾十年過去了，美國汽車工業依然疲軟。

我要說的是：如果這是球賽，我們毫無疑問是一直被痛宰的爛隊。但只要比賽還沒結束，誰知道會怎樣？」這番話果然一如小謝之前告訴我的，就連結尾也真的就這麼說：「球是圓的。」

回顧過往，臺灣在職棒七年第一次爆發簽賭問題，多名球員遭到檢調收押、禁賽。職棒八年另有一個職業聯盟成立，整個臺灣竟然有十一支職業棒球隊。那像是一個膨脹過度的夢，接著就是泡影幻滅，連續三支球隊解散了，棒球跌入最黑暗的深淵。最初那批涉案球員經歷漫長的八年多訴訟、審判，終於在二〇〇四年十二月三十一日由高等法院宣告結案。同一天，臺北一〇一大樓開幕，正式成為世界第一高樓。這兩件事，有如一條通道，從棒球場上的幻夢連接到世界最高的幻想。最終也在差不多的時間點，職棒又一次爆發簽賭，讓壞毀的夢更加頹圮，而別處開始出現比臺北一〇一更高的樓了。我還在嘗試理解，在這樣日漸傾斜的時代中成長的吳昌征，懷著什麼樣的心思，在腦中的球場不斷出賽，重繪棒球的可能版圖。

L'abécédaire de la littérature

字母會

n

游牧

comme Nomade

陳雪

公車沿著橋爬坡上行，水泥舊橋，每隔幾年新漆，路面都已斑駁，挖挖補補，可見其使用頻率與耗損。跨越雙和城與臺北城的這座橋，建成於一九七一年，初期需繳過橋費三十元。橋下水岸以假日早晨的二手市場聞名，千百個帳棚搭起的市集，從舊物、古董、家具、電器到各類大小物品，吃喝用度，儼然一個百貨俱足的「二手物」世界。

N騎著他的二手SUZUKI重機輾轉在城市裡遊蕩，如今他再也不用開著警車巡邏，卻依然保持著四處搜尋的習慣。

上橋，下橋，五分鐘路程就進入新北城區，一橋之隔隔開兩個世界。調查員N將位於北市區的狹窄租屋內物品全部淨空，在接下調查案後第二日就遷入命案發生的大樓，此大樓為捷運附近的舊樓改建，樓高二十層，住戶近百，他最新的居處為大樓中短期租賃的出租套房，此套房持有人與管理者並非同一人，而是由某租戶透過仲介向屋主租下五戶套房，改建成商務型短租套房，內部裝潢雅致，家電全包，房價為每週五千，含管理費與每日房務清潔。調查員的房租由申請調查人R小姐支付。

N從北市租屋帶走的私人物品不多，上一個住處也才待了一個半月。一臺筆電、相機、錄音筆，幾件換洗衣物，幾本資料簿，一組五公斤的槓鈴，一箱雜物，就是全部家當，三年來他幾乎都在各個短租房間內遊走，隨著調查案件遷移，他另於父母老家所在的小鎮租一舊屋空房當倉庫，堆放他之前所有「私人財物」，亦即以前還有「家」的時期所擁有的舉凡家具、家電、生活用品、紀念品全部封藏，曾經，他回老家探看父母，到倉庫過夜，說是倉庫，反而比他現今住處更有居家感，床鋪上的防塵布一掀，周遭擺放著沙發、餐桌、冰箱、電視的屋子，生活裡的魅影追趕上來，使他連夜奔逃。

事件之後，N幾乎都在移動，最初有大半年時間他整日開車亂轉，累了就睡車上，髮鬚不剪不刮，渾身酒氣，因此被警察盤查過幾回，後來他住過廉價旅社，賓館，慢慢才有能力租賃短期套房，但無論住在何處，他都不添購家具，不睡在床鋪，而是習慣於窩身在睡袋裡，好像隨時可以起身逃跑。

這次的居所已經是許久以來未曾體驗過的「奢華」，新近改建的樓中樓套房，裝潢猶新，使他初初進入屋內就倉皇想逃，若不是為了就近觀察，他恐怕會立刻搬離。幸而臥室設在二樓，他不用上去，也見不到，他把家具靠牆堆放，維持屋內的空曠，因應工作之便，委託人R小姐請人送來黑白雷射印表機一臺，N每日將各種資訊列印，逐一清查，筆記，圈號。他交代清潔房務的大姊不要進入房間，只清潔浴室與洗手間。垃圾也由他全部用碎紙機處理過後自行處理。

N將最近收集的剪報、影印的資料從袋中取出，套房內沒有大桌子，他用客廳茶几權充書桌，在木頭地板上鋪上壁報紙，以便寫字圖畫，牆壁設有固定式櫥櫃，僅有一面空牆，男人用3M可重複撕貼的膠帶在牆上貼滿白紙，方便張貼資料。他喜歡趴著或站著工作，在地板與牆壁間將線索如地圖全張掛起來，照片、剪報、地圖、大頭針標誌著的資訊層層疊疊，使房間變成以往警局的特別偵察室，倘若有人誤入其中，或許以為N已陷入瘋狂。

然而他必須如此專注，唯有進入工作狀態，他才可稍微緩解對於居所的不安、擺脫往事與幽魂的困擾。唯有進入尋找他人的生死之謎，方可解除他對自身命運的質問。

夜裡，他研究大樓的平面圖，每個出入口、閘門、通道、梯間，甚至連管線都仔細研究，他想起日本人迷戀香港的九龍城寨，曾有建築師畫過極為細密的剖面圖，真是令人讚嘆，然而那是怎麼做到的？如何敲門、拜訪，使得這上百戶人家願意讓他入內觀察？

N揣摩著這棟大樓的生態，真是非得住進來否則無法理解的，即使入住後，也像是仍在黑暗中摸尋，每一戶住屋將門關上，漫長的走道就哪兒都通達不了，電梯與電梯之間連結的只是樓層，他深覺這裡或許非常合適於他，外觀嶄新、內裡老舊、缺乏管理，彼此不相聞問，房租直接匯入銀行帳戶，關上房門，與誰都無關。

倘如果大家都是這樣的性格他的工作就不保了。

他打電話，敲門，在對方掛掉電話或砰地關上門之前，爭取一點點對話的可能，像是推銷員。

他想起以前警察的生涯，不知是否過去的從業影響，他身上具有一股不容他人拒絕的能力，不知是親和？信任？或威嚇？或幾者兼有，總之，他身上有什麼特質，使他易於從事調查行業，公司裡他的破案率比誰都高，但命案對他而言依然太過困難了，失去那張警察證件，也意味著失去合理訪談他人的機會，他現在靠的是收買、討好、死纏爛打，人們真奇怪，心裡明知明哲保身，多說無益，但最後，肚腸子裡總埋著些什麼想說，你得找個方式讓他甘心說出來。

他透過過去的工作關係，搭上一個負責此案的刑警，可同步更新最新案情，但光是這樣不夠，他像一條蠹蟲，找到縫隙就鑽進去，即使這案情根本是銅牆鐵壁。

一個男人的失蹤以及死亡，私下到徵信社雇人調查的，並非男子的家人，卻是一個神祕女子R小姐，R開宗明義即說明自己是男子情婦，兩人相戀兩年，原本已相約出逃，沒想到男子卻離奇失蹤，甚至意外死亡，她不相信警方的調查所得「自殺」的結論，她自認男子與其相愛，即使要赴死，也唯有與她殉情而非選擇自死。

每一個人的死亡都令N想起他的妻與子，猶如每個人的喪失都與他切身相關。他拯救不了妻兒的喪命，當然也免除不了那些當事人的失蹤或喪亡，然而他以介入旁人的死亡為業，彷彿於生死之途中，還能與死神對奕，令那場死亡擁有更多意義，找出某些解答，儘管結果可能造就更多傷害，但總有人想要答案，即使是令人失望的結論，仍有人願意為此付出高額代價。例如R。

多年前的N是個將大多數的時間心力都投入於工作的警察，他有一段堪稱美滿的婚姻，一個剛上幼稚園的兒子，剛晉升刑事組，人生事業正值壯年，即將攀上顛峰，他沒日沒夜地查案，有時幾天不回家，妻子沒啥抱怨，直到五年前那個要命的下午，妻子接回下課的兒子，卻因在門口與鄰居攀談，疏忽看顧兒子僅短短一分鐘，兒子為追逐手中掉落的皮球，鬆開母親的手，獨自跑向外邊馬路，被突然急駛而過的汽車當場碾斃。

N的世界崩塌了。

接下來的日子，生活變得如同在水影中、夢境裡，真實不再真切，但惡夢從不間斷，水光兀自翻映，喪禮後，妻的情緒起伏瞬變，從悲傷自責、逐漸變成憤怒狂躁、而後臻於愈形嚴重的妄想與幻覺，妻說她總是看見孩子在屋裡四周，每日回到家來，「我沒有放開他的手，」妻說，「從來沒有。」妻不再開車、搭車，漸漸不出門，她似乎想藉由這個動作，將時光退回那個下午，她沒有因為鄰居的寒暄而分心，她不曾放開孩子的手，孩子不曾為了撿球而跑向馬路，那輛汽車不曾在要命的時刻飛快駛過。所有陰錯陽差不曾發生。時間凝凍在不幸之前。

妻子甚至坦承自己早有婚外情，與公司同事每週一次幽會汽車旅館偷歡，認為是自己的出軌導致心不在焉，「這是報應」，造成兒子的死亡。N沒看見現場，無論是偷情或死亡當下，但妻子一次一次訴說，他腦中映現出更為清晰的影像，清楚得使他必須閉上眼睛避免因悲痛而刺瞎雙眼。「別再說了，我都原諒。」他安慰哭嚎不停的妻，但內心破散無以凝聚，時間催逼著他，來不及為愛子之死悲傷，便要急著挽救可能尋短的妻，生死在指尖交錯，誰有罪，誰無罪，已無從分辨。

妻心中日復一日悲傷與懊悔蔓延，演變成對他的叫罵，原來妻子不快樂已經很久，他以為的不抱怨與寬容，只是因為個性隱忍，妻子愈是恨他，就愈恨自己，他愈安撫，妻子的自責就更深，他幾乎弄不清楚自己該如何說話、反應、作為，才可以使兒子活轉，讓妻子正常，所有事物都來不及，甚至連自己也無從挽救，喪假結束，他又投入工作，說是手頭上的案子正在破案關頭，但N知道，自己也在逃避回家，逃避面對妻的崩壞，N愈是痛苦，就愈沉溺於辦案，一日他回家，妻子留書出走，「別再找我，我看見你就會想起兒子。為什麼死的不是你。」

他請了長假開始尋覓妻子，動用一切關係，使出所有本事，花了三個月才查出妻子落腳於羅東一處旅館，警方趕到為時已晚，妻子早於那日凌晨燒炭自殺。

此後，N辭去工作，退掉租屋，他無法再居住於任何有具體形貌的「家」中，他早有飲酒習慣，此後花費更多時間盯著酒杯發楞，仰頭長飲讓血液注入麻醉劑，一年過去，因酒精中毒住院，老爸老媽在一旁哀哭，以前的搭檔發狠痛罵，罵完也是哀戚，苦勸他到以前長官開設的徵信社工作，他活著不為自己，去上班也沒什麼不可，醉生夢死，在哪都行。他又回到職場，當調查員，沒警徽，做的也是類似警察的工作。

每次接案，遞送「可靠徵信社」的名片，他懷疑自己並不可靠，知道自己還有隨時發作的酒癮與揮之不去的惡夢，但他是那種一旦開始工作就像狗咬住骨頭不放的人，給他什麼他都做，都能做得好，非得查個水落石出不可。奇怪他內心如此荒敗，活得毫無半點滋味，卻擅長解除別人的難題。

最初做的都是尋人，妻子失蹤的那些時光，他找遍了整個島國，他沒尋回他的妻，到了徵信社卻協助了各式各樣的人們尋獲離開的人。某些男人尋妻，另些女人尋夫，幾些心碎的父母尋子尋女，某些飼主尋找寵物，他做得得心應手，在業界闖出名號。而後，從尋人的過程導入一樁他殺案件，此後彷彿又回到警局的工作，他又出沒於他殺或自殺命案的現場，收錢辦事，他的角色與過去的警察身分不同，遵循不同規則，卻朝向同樣的方向。

他一直在各種尋找與解謎的過程，將他人斷裂的人生故事補綴起來。而他自己的人生，仍停留在家破人亡的當時。

一個人的消失與離開有各種可能與結果，他自己實際上也是個不斷設法消失與離開的人。

每一次啟動調查，N都會更換一次以上的住所，即使雇主沒有支付住宿費用，他也願意自費租賃旅社、飯店、民宿，甚至只是一個破舊的房間，重點是，他必須在這樣的環境裡才能入睡，任何與家無關的地方，他才得以安眠。

他選擇的或許是跟被調查人有關的地點，或者，會隨著調查不斷移動住所，除卻收集資料，另也有熟悉環境的用意，離開警局之後，他鮮少對任何地點產生歸屬感，甚或，所謂的歸屬感就是他正在逃避的東西，他失婚失業，家破人亡，他搭公車，捷運，高鐵，火車，或騎著645cc重機，循著失蹤人口、離家逃妻或外遇調查等委託案件穿行在這個島嶼的大小鄉鎮，賺取生活必須，工作盡可能忙碌，這些迷失或躲在不知何處的男女老少，這世上還有掛記，需要索求著他們，願意在正規警察系統以外，透過私人委託的方式持續搜尋，而他，已經是無人需要的人了，一個無用、無愛之人努力搜尋著「還有人愛著」的人，這就是個矛盾，N活在這個矛盾裡，像躺在一個已經破損的口袋。

被調查人J先生，於今年二月失蹤，四月社區清洗水塔時發現J陳屍塔中，經各方盤查、訊問，因為遺書具備，且死者無外傷、現場也沒有打鬥痕跡，警方排除他殺嫌疑，認定為自殺。

N雖然收集這些警方調查進度，但委託人R交與他的，是徹底找出與J生活、工作上所有相關人士，進行深度訪談，R想要他重建出J失蹤前最後一週的生活關係圖表，尤其是J的妻子、岳丈、公司合夥人，以及R小姐始終懷疑的年輕情婦「小四」S小姐。他必須一一訪談名單上的人，這些可能認識J先生的人士，才能給與她想要的訊息。他打電話約訪，幾乎不曾被拒絕，人人彷彿都帶著歉疚，似乎都想要對命案說點什麼，而最後說起的總是自己的人生。

真相藏匿在話語之外。並不存在所謂的真相。

有一些事物隱藏在另一些事物之中。

為什麼有人願意對Ｎ坦露心事，Ｎ覺得困惑，也覺得答案再清楚不過，這些他選中的人，與其說被他選中，不如說他們都在等待一個可以開口說話的機會，明明想要躲得遠遠地卻又忍不住開口訴說，無論是討論死者生前與他們的交往，或自己的身世，這些都是因為死亡引起的效應，無論是實言或謊言，無論說話動機為何，如今他們都需要傾吐，這些話語埋藏在他們體內猶如一個會咬齧他們的怪物，唯有一吐為快。

夜裡，當他打開錄音檔，從電腦喇叭反覆播放，這些他曾聽過的聲音，那些他已經刻劃在心裡的形象，臉部線條，五官，皮膚色澤，說話音調，口吻，措辭，表情，一再一再銘刻在他記憶裡，他飛快揮舞手指敲打鍵盤記錄下所聽到一切，就有更多訊息撐開這些看得見的表象，流溢到畫面之外，有時他得停下手中動作，聚集心神，讓這些說話者停頓，最後一個字句散落在房間裡，留下咿——的尾音，電腦運轉聲低低嗚響，彷彿那些未被說出的話語還散落在主機裡，隨著散熱器的熱風飄散在房間內。

當他人的生命正在消失或瀕臨死亡的邊緣，當N集中心志於建構起當事人所愛、所恨、所依賴、所逃避、所恐懼、所欲望，一切的一切，人事地物，空曠房間裡，各式資料紙張隨著空調輕輕翻動，那些速拍照片、翻印紙張、表格圖記，那些錄音檔裡打字記下的人聲話語，那些他企圖於腦中慢慢建構起的，關於J的生與死，消失與離去，像逐漸升高的塔樓，帶N攀向某個極其危險、又令他感到安全的所在，像一個漩渦，如一朵隨風飄送的雲，像一隻於沙漠裡踟躕的駱駝。

深夜的瞌睡中驚醒，N突然感覺J先生附體於他，或說，J再現了他一直未能實現的，將生命的所有重量交付於雙手，十指交疊印下深深的指痕，臨去的一瞬，擲銅板決定這樣或那樣，那個幽靜的午夜，時間很足，可以漫漫行事，所有動作都極其悠然，幾乎可以稱為藝術，他將繩索調好，套圈於頸脖，開水服下藥物，調整身上衣衫，撫順幾日未洗的亂髮、將繩圈套緊，掂掂腳下的矮凳，雙手搆著頂上的鐵桿試試其堅固能否承擔到最後一刻，一切都備妥，再沒有需要猶豫與思量反覆的，感到終於鬆懈，與某種愕然歡快，是啊，在此時，過去終於退後，只要鬆開手，雙腿如舞蹈般下蹲、深吸一口氣，躍高，後踢、下墜，拉直身體，就可以到達未來。

L'abécédaire de la littérature

字母會

n

游牧

顏忠賢

comme Nomade

他老是疑惑但是也不曾明說他的疑惑，對於死亡一如對於家族，對於家族裡的人生觀的達觀或悲觀的死角。他的狐疑只變成了一道道陰影，在老家人們的背後，無法無天又無法逼視。一如更後來的老母變故使那老父告別式就變成了近乎荒誕，所有的細節都放大，落漆的都重新上色地再解釋。死亡不能被明說被注視……被接近或接受地更坦然點，一向如此地不祥避諱，充斥敵意與敬意。

那告別式是那麼地荒誕，無法太理所當然或自然而然地悲傷或哀悼，因為他老母，因為她的那一種病或是那一種狀態，已然老年癡呆的遺忘……的太過可怕地一再重複的悲傷……她每幾分鐘重新再經歷一回這死訊地痛心那種太過殘忍到荒謬不堪……悲劇變成喜劇般的鬧劇。因為那麼多的人那麼多的事，那些哭泣與祭拜誦經呼請聲音的混亂又吵鬧之間要小心低調低聲走動，再怎麼匆匆忙忙或沉重悲傷都要偷偷摸摸躡手躡腳，反正無論如何就是不能讓老母發現「到底發生過什麼？或正在發生什麼？」地永遠緊張兮兮……

一如回到老家的人生必然也永遠是緊張兮兮……一生老想的逆襲是不可能地充滿了善意和惡意、哭泣與低語、笑與玩笑的默契般地問候與敘舊的世故，老家太多恩人或仇人的恩恩怨怨依然濃鬱或稀釋但是現場都沒有被更明顯地提及，只有更多更快轉地照面打量的忐忑不安或保持更客套的疏離，那幾乎是某種基調的禮貌規矩及其必然的永遠小心翼翼，家族與家族史的遺址中的不遺憾……一如童年的現場始終充滿死亡但是又無法面對死亡。

彷彿又重回老家那他好不容易離開的那令人不安又窒息的冗長童年底層的現場，但是更逼近而更荒唐的悲劇變鬧劇……就在剛過世的老父的靈堂，出現了某一種內心深處迷亂不斷歧出游牧流浪但是跑遍幾十年的外國都找不到路回來的……但其實根本沒有離開過的妄想狀態。變質晃晃然到一如《白鯨記》《浩劫餘生》卻只變調成《海賊王》或《魔獸爭霸》打怪式的遊戲重新搬演或許就是電影《殺客同萌》那種所有引用歷史戰役的勝敗廝殺都只是女主角太艱難人生引發可憐卻可怕的幻覺的加強版或隱藏版地再一回動員的無限動念……

所有在告別式或那老客廳神明廳被困住可怕現場的他們這些老兒女們只像是跑龍套的撿場現場工人們的疲憊不堪到完全配合的天衣無縫接軌的重建打造一個個過去曾經那麼愛出國玩的老母所想像出來她的完美外國或完美一生般地一再出演……

始終充滿罪惡感的他一回國就馬上趕回去幾十年沒回來的老家上香，和小時候在同一個屋簷下一起長大的親戚老老小小甚至多年不見的堂兄弟姊妹都回來碰在一起敘舊而忐忑。打理種種繁瑣的細節……來誦經師父的更客氣更講究的安頓，出山七七做滿做不滿的種種規矩的決定，入塔前風水命理地理師盤算的小心翼翼，選壽衣高明到不俗氣又不老氣的花色，禮儀師禮數得體要緊的吩咐，有人拿香有人不拿香的太多後事的謹慎拿捏，使他好像想起太多以前的事而心情不好地陷入過去某些沒設防死角的狀態而充滿了遺緒。

老人癡呆的老母一直在問老父去哪裡？怎麼還沒回來，還說她夢見老父死了，好可怕，好可憐，然後又乾嚎地又哭又鬧……然後過幾分鐘卻又再問起老父去哪裡了？

姊夫心情沉重地說起三天前老父剛過世有跟老母說，她哭得太慘，氣喘不過來，昏死過去，但是醒來卻竟然還是忘記了……又再問，又知道，又再大哭一次，如此一天之內循環幾十次。

後來所有老小孩商量好了最不忍心的謊言與共謀……就只跟她說，老父出去了。老母仍然每幾分鐘問一次，認真而狐疑的她始終不知道她忘記了什麼，他們也只好拿捏對照她的遺忘，一如一種破洞的洞口深度及其期望反差的脫逃路線，所有好心更疼痛地千辛萬苦在一起圓謊，編織一個更大的謊言的所有細節，即使善意是不免更令人不安而疲憊不堪的。

姊姊的小兒子才國二但是夙慧地老對他用眼神微笑……而且想的圓謊的藉口更多更貼心也更難以抗拒。「阿公去找朋友喝茶。阿公去銀行領錢。阿公去外頭散步。阿公去開會正在忙。……」最後一句對外婆都會接：「不過……阿公快回來了。」那小兒子早就知道這場善意的惡戲般騙局玩法有多好玩。

最後嫁到新加坡已經變成針灸中醫的小時候極親的堂妹趕回來奔喪，拜拜完之後敘舊好一陣子就說要幫他刮痧，二十年沒見到的從小愛哭又瘦小老被人欺負的她現在變得世故周到而溫暖而且半玩笑地安慰全身痛的他，「我亂針亂扎也只是赤腳爛醫生啦！」一如她狠狠針他而他雖然好痛但卻只是一直笑。她還幫他上一種不明的藥膏在他爛掉的皮膚和酸痛部位，用古傳獸骨刮痧塊狀物沿全身穴道熟練地刮到拍到肩膀頸椎脊背的地方都極痛極黑，罵他外國亂跑太忙太累到……真是病入膏肓地不要命。

老父告別式當天更是難忘的可怕……那冗長特寫的一天彷彿是他一生快轉一回的縮影，所有小時候認識的老家人都來了也都變了……用一種他還沒有準備好的狀態來遭遇或抵抗。

一如一種難以描述如何荒謬的劇場演出，就在這一棟他從小長大的老房子重演一回折騰折疊所有葬禮最繁複儀式的太多層樓建築的儀式走位，跟著主持告別式的老法師緩慢移動的所有的現場孝男孝女諸多遺族跟拜入家裡祖先牌位的法事的家人們竟然都是觀眾都是演員，始終充滿入戲的內心戲，不熟練劇情和口白的他們的一輩子就譁變成像一場戲，充滿教訓與教誨的晦暗的縫隙，只是他以前到現在從來都看不清楚，從小出海死過太多人的老家人終究會變成什麼樣？可以生還或可以沉沒多少？什麼是道德的什麼是不道德的？聽話餘地太少地只能嘲弄自己而不能嘲弄別人什麼事？被交代話只能說什麼或不能說什麼？很多三十年沒見的同輩小時候一起長大的親戚也都來打招呼。現場有太多堂表哥姊弟妹的小孩都已經是大人了，他才感覺到他也已經老了，還有來到的太多的遠房親戚長輩也不認得了。但是他還是一直擔心他可能有做錯什麼而不安。

本來還老是因為太多心事分心而忐忑不安而擔心他始終沒哭被人家看到，後來葬禮放了很多生前的黑白照片那麼多的畫面裡的現場斑斑駁駁的痕跡所充滿的歡笑或陰霾，那年代被深深埋入的種種家的拼拼湊湊的拼圖始終沒拼出來的死角，缺少的那一塊或那幾塊使全貌更像全貌的遺憾與激發，激進與激動的小時候種種舊街老家的太多人的出現，用當年的時光荏苒的臉龐姿勢事件，葬禮或婚禮、不同年齡和不同地方的全家福……太多太多的往事餘緒的喚回，彷彿他沒有疏離也沒有逃離過，擁擠不堪的回憶碎片像是炸彈碎片般地留在手術失敗的身體深處，在不知何時就會疼痛不堪，因此更後來想到了太多心事的他就一直掉眼淚……竟然也仍然還是擔心被人家看到。

最後，那是在頂樓老神明廳。等了很久的安頓儀式的繁複瑣碎使得許多他們所安排的老親人們為了避開老母走小路所以老是在繞路地迷路找路，老家有前棟後棟三棟前前後後高高低低的樓梯很多很亂，從一樓門前的做告別式的道場走向後棟頂樓最後安牌位的老神明廳，太久沒回老家中間迷路下錯樓梯的他還一路因而經過老屋頂倉庫裡不小心又端詳到很多時光荏苒的當年老母嫁妝的那些在舊房間裡跟他們一起長大的破爛不堪八仙桌五斗櫃而更深感遺憾。

最後，在神明桌前安老父入祖先牌位，念經的梵文是心經中不陌生的字眼，但是還是跟念祭拜拿香叩首地跟師父敲木魚呼請，在看了一生的那老觀世音菩薩神明像和舊祖宗牌位前，他站著跟著唸到後來都打盹而快跌倒才感覺到在外國跑太久的他也不像話地太過疲累。

然而他老想起之前那誇張告別式的過度喧譁熱鬧登場的那靈堂甚至還有總統和行政院長的夾雜更多較冷門其他大官的種種氣派輓聯，那出殯前的怪異祭壇就搭起來就在老家的門口，甚至是一種比較不尋常的新派布置，遺照沒有框，很多花將現場安裝成某一種弧形的花海景觀，那背景打光畫面中的在笑的他老父身影竟然像是投影的幻象浮在半空中，尤其在更背後的心經前……那麼多句子裡的有一句他只記得的「心無罣礙」特別地刺眼。

他始終記得那法師始終在念經說法還說到了一些佛經上的老時代交代：「看到光，不要害怕，可以就走過去，那是佛祖的地方，但是如果看到了有一個地方，黑白相間，千萬不要過去，那是地獄道，看到了洞穴，千萬不要過去，那是阿修羅道，看到了牧場，千萬別過去，那是畜生道。」

那葬禮司儀的聲音很低沉，但是前兩個表哥一直在聊天，始終大聲地說話。坐在他旁邊的他已經改信基督教的姊姊聽不下去了，就禱告著親愛的主耶穌……請讓他們安靜下來……也很受不了的他還是低聲跟她笑說：「別慌，妳不是說……畜生要釋放。」

告別式中始終太過疲累的他更支撐著勉強地笑跟數十年不見的已然快七十歲的當年最時髦最見過世面常出國的表姊說。他記得她在他小學二年級送他兩本書，《白鯨記》和《基度山恩仇記》，那兩本奇怪的關於旅行也關於復仇的怪小說，小孩的他看不懂裡頭的過度成人的有恩不能報而有仇也不能報的人間太迂迴的麻煩，但是那小說卻因此改變了他一輩子而變成老愛在外國跑生意的一生。太久沒見已經七十歲了的老表姊卻說：「我不記得我送過你什麼書，只記得你太可愛，可是出生就太胖了，我老抱你抱一會兒就抱到手快斷了。」

大表姊說他就像年輕的她在國外太多年跑生意太辛苦……「送書，那是夢見的吧！」她說她不記得了！

後來的他跟老表姊反而提及了他在回來的飛機上做了一個新的怪夢：「一開始他困在一個外國陌生的老廟前的鬼地方，從非常可怕遙遠的完全無人煙的荒山偏僻野村想要逃離但是逃不了，那個唯一的老廟骯髒破舊一如瘀青般的廢墟景象廣場始終沒人而且半夜三更的黝黑空曠感使他害怕地找尋許久，最後找到了一處彷彿是刀客環伺的排班破爛不堪當地的馬夫……為了拉客上馬的而且充斥火藥味的幾個老游牧民族幫掛叫囂糾紛。

他很擔心後來大雨滂沱中的陌生野村始終出事甚至沒聯絡上老客戶，等了太久接應的狀態還是不明，混亂思緒仍然不斷擴大的他始終還在等人，後來竟然等到了一個陌生女人還自稱是老廟中的菩薩，嘲笑地說她受不了自己的身世太久，不想再當神明保佑別人，就竟然跑出來也要離開……

他記得他只是在某個荒野的陌生國家去找老客戶，但是為什麼會困在那一個老中國破廟口，甚至更之前還困難重重地困在廟裡拜拜的現場。那長得有點像老表姊的菩薩臉上始終陰沉也隱隱約約地始終埋怨……祂救了他的命還不知感恩，有時嘲諷有時冷笑著對他說著：如果我不幫你怎麼可能離開上馬……逃離這野村！」

葬禮中幫最多的他的姊夫是一個人很好的在故鄉開業多年的醫生，非常地周到而體貼，甚至多年來母親的病都是他在打理照顧，甚至，姊姊說，只有他在的時候母親才能真正地放心。

後來，他提到了他唯一的壞習慣，就是老是在買黑膠唱片，他提及了他一屋子七八千張黑膠唱片還有所有最重要外國古典音樂家的所有交響曲室內樂所有老版本。他說姊姊老提到多年沒回來的他，說那去年他那考上醫學院的兒子小時候他幫忙拍過一張很像很好看的照片。他說他都快忘了這件事了。

姊夫最後笑著說，他那兒子長大了卻太乖而且太帥，又是未來醫生，所以他們家有一個老護士提醒他兒子說，叫他去臺北要小心，不要太快就被人家睡去了。

坐在旁邊的那乖兒子就跟著說，對啊！我們同學有一個女的才認識他一兩個月，就叫他陪她一起去澳門玩，好可怕……但是，他們竟然好開心，現在這叫作是去先度蜜月再結婚了吧！

但是說的時候卻一直笑的他說他在國外跑了數十年來的行情，現在愈來愈可怕了，小帥哥真的要小心，要知道害怕啊！他說了更多……有一個外國老客戶女兒跟他說，現在當然是先睡過再談戀愛，有的是同時劈好幾個，而且有的是男的有的還是女的。不過也不用擔心，她現在是以換季的速度在換的。

他一說完，那人太好的姊夫彷彿很不安，眼神露出一種忐忑又不好意思明說，就突然開始講回母親的狀態和種種別的葬禮該小心的狀態，悄悄地把這換季的話題轉開了。

那時候他才感覺到，對姊夫他們父子或對這個家族而言，在外國跑太久的他真是已然走樣到變成了一個可怕的惡人……或許就是可怕的外國人……

更後來所有悲傷地跟隨送去火化儀式的老家人都回來了，也都一起收起方才的愁眉不展，假裝沒事地坐下來，在客廳的沙發上，看著過年除夕夜才連夜裝上的出奇龐大的液晶螢幕，他們低聲地說，父親才看了三天就走了，但是，所有人都跟著看著電視裡的怪畫面中變魔術的花美男變的手法極拙劣，但是大家還是一直鼓掌，那是下午重播的某個豬哥亮主持的臺語綜藝節目，冷門又難看，但是沒有人在乎，一起盯著看也只是為了一起陪老母。

因為她的老年癡呆症狀愈來愈嚴重到藥吃太多的負作用使腦子大概只剩三歲，不斷地問東問西，問完有人跟她說但她一下子又忘了，她又再問，一直重覆的狀況已經夠可憐而可笑了，而且她甚至還重聽到大家都只好講很短的句子，很好聽的話，還要講得很大聲，她才聽得到。

但是有時老母卻也老說：「好多老人都死了……好可憐……」他內心嚇一跳，誰死了的事她怎麼還記得，姊夫才說反而以前的事情記得很清楚，而且老母後來重聽得愈來愈嚴重，所以就是每個人去哄她說話陪伴一段時間，八十歲了或多一點以後就是這樣……

他們小時候一起長大的堂表兄弟姊妹幾個人就陪著兩眼始終發呆的她……一如沒問話的其他人在旁一起看電視的臺語連續劇中那太過常見套招的愚蠢重播式的口白……婆媳不時出現問題的惡言相對，妯娌尖酸刻薄地吃飯時嘲諷景氣低迷生意失敗或是生不出小孩或是謠言的偷人……種種人生的麻煩在她的迴路裡一直重複倒帶，快轉又迴轉……

但是，那他們小時候長大的老客廳依舊在那裡……一如過去，那一輩子也老跑外國但是這回就沒回來的父親老照片無比遙遠的距離愈來愈怪異的眼光之下栩栩如生……然而，不同的是另外一些荒謬絕倫雷同的配角出現的意外……一如姊姊那小兒子正吃西瓜消暑解渴也陪他們這些伯叔們姑姑阿姨看電視發呆，其實後來就坐在那張老父生前最後幾年姊夫刻意買給他腰酸背痛時躺下的巨大奢華OSIM劉德華代言的著名外號天王椅的昂貴頂級像游牧外太空的太空船指揮官機械裝置複雜極了的未來感按摩椅上舒服地在打電動……打魔獸一直廝殺怪物開槍發出的雷暴般特效怪聲響的爆炸威力強大外太空風暴衝擊的干擾。

另外同時夾雜老母也同時不自覺就唱起小時候的回憶中的歌……但是模糊不清的近乎喃喃自語或耳語或吹口哨或就是隱藏起來的口感不明的亂哼唱腔……演歌的，歌仔戲的，老臺語歌的種種旋律，有些更難辨識是什麼歌而引起他們堂兄弟姊妹之間更好奇的推測猜想那一首曲子的爭執不休時……

直到老母問起他們在吵什麼的那時候他才發現老母根本不知道自己在唱歌……但是始終還是持續地老哼哼唱唱，彷彿迴路的底層低聲特效充滿著暗藏玄機的暗示，鬼屋探險的鬼故事奉行的鬼快出來前的怪聲，感人肺腑的好萊塢電影的相擁而泣的多年未見家人重逢團圓的節日感的感動與溫馨氤氳擴張的霧氣……但是變得愈來愈霧煞煞的怪異荒謬絕倫。他老覺得或許更像是老唱盤黑膠唱片的放完之後唱針桿損壞嚴重而無法自動回到原點的始終卡在唱片最末端卡卡嘶嘶的弱小嘶吼聲的老是一直重來的令人疲憊不堪……恐怖感，傷心欲絕，忐忑不安，悔恨這一生都過完了甚至還不記得了的一生所完全充滿傳奇性的過去與現在的跳針，而老小孩們就被困在老母那個跳針感封入的結界……

包括不得已那些用IPAD和他用facetime網路連線正在外國的生意老客戶開會敘舊招呼揮手致意和老母的恍神眼神的近況動態隨機聊天……他跟老家人甚至後來就提及了幾十年來苦不堪言的苦心經營的外國那些爛生意歷經滄桑的各國雷同緊張情節一如電影的詭譎多變的誇張程度的近乎瘋狂……

最後告別式火葬骨灰送進塔回來的他太過疲憊不堪的他終於在老客廳坐

下來歇腳……還對要求像老父當年帶她出國去看煙火的老母說起更多：

去哪裡看煙火？

去臺北看……或是去上海去北京去哈爾濱，或是去紐約去雪梨去巴黎

……外國的煙火比較好看！碰！碰！碰！

你剛剛去那裡？

我出國去做生意。

有沒有做到生意？

有。

有沒有賺錢？

有。

你有沒有女朋友？

沒有。

趕快找一個。

你有沒女朋友？
有。
趕快帶回來給我看，不用太水，水沒有用，看甲意就好，乖比較要緊。
煙火好不好看？
好看。
你有沒有女朋友？
有。
趕快帶回來給大家看。
娶一娶，沒水不要緊，聽話就好。
你三十了，該娶了。
我五十了，我已經出國了幾十年。
真的？
要退休了。

喔！那……你在哪裡上班。

外國。

外國在哪裡，沒聽過。

女朋友，乖乖的上班就好，沒有女朋友，趕快追一個……真憨慢。

我會認真追一個。

沒水不要緊，聽話就好。

好。

乖乖比較要緊，水又不能吃。

……

她放心了一下子，又繼續問。那你為什麼還沒娶太太？

明天會去相親，會帶你去挑，好不好？

好。

那一次娶三個回家好不好，一個煮飯，一個洗衣，一個掃地。

老母突然開始笑……她好像感覺到有事，或許也感覺到晚輩的老兒女們在哄她，但是她還是很開心。她突然轉身，看著旁邊的帥孫子說：「那你也一起去相親。」

好像困在幾分鐘的回憶裡的一再重複著的迴路……所有一生的恐懼和悔恨都一再可笑地重來的老人失憶症狀的荒謬隱喻……

但是怪異的老母突然笑得更開心。他們都搞不清楚她是否發現了這一切，或是她發現到什麼了？為了讓她不要分心，為了更入戲，大家都顯得更用心用力也幫忙哄她，用一種極古怪地近乎荒謬的狀態來補償，轉移，裝笨，圓謊。甚至最後他只好也跟著大聲笑著地對老母說：「太好了，這孫子也一定要跟去相親，也要一次挑三個。一個煮飯，一個洗衣，一個掃地……最後我們一起出國去度蜜月，還同時陪老母和全家一起去紐約去巴黎去雪梨……看煙火！碰！碰！碰！碰！」

L'abécédaire de la littérature

字母會

comme Nomade

n

游牧

駱以軍

他說那晚風浪極大，他們的小帆船靠近富貴角碼頭，他操控動力和舵，讓那個第一次上船的小棋幫忙往岸上拋繩纜，風雨中岸上那人沒接到，帶著小錨的繩纜像死去的長蛇委頓垂墜過來，他交代過小棋一定要小心別讓繩纜絞進馬達，沒想到這天兵！在那陰冥顛盪的朦朧中，沒接到繩索，眼看著它沒入黑色稜塊起伏的海中，還不敢說。當然那繩纜立刻在水面下被絞進小帆船的馬達了。他在前方操控，那時海流極強，渺小的機械動力輸出，只像虛弱的老人，用微弱的鼻息，懇求萬能巨大的造物者息怒。讓以一種微弱但巧妙的方式，往岸邊靠。但他突然發現，船的右邊動力消失了，他大喊：小棋，是不是纜繩絞進去了？小棋他大喊：是！媽的，他真想衝去船後方打小棋。但船立刻被交給翻湧的大海，靠剩下另一邊的動力，只能呈一單向圓弧打轉，那風浪實在太大了，他們只能任船被那巨大上下拋甩的大海神力，隨著其癲狂意志，聽天由命。

但港邊還停泊著一艘一艘，大小不一，其他的船，若是被浪帶著，撞上其中一艘，那可是像高速公路上撞成稀爛、火燒車的法拉利撞賓利，啊賠不完的錢哪。後來他借一個勢，讓船側和一片碼頭岸沿擦撞，他心愛的船舷，發出金屬凹陷玻璃纖維碎裂的聲音，那真像那砂紙磨他的心哪。但總算船在那瘋狗浪中停岸。

第二天，他發現繫在船肚一側的小救生艇又不見了。這種救生艇，通常在船沉沒前，拋至海面，有一片鹽錠控制氣閥，鹽錠溶解了，會自動瞬間充氣，碰在海上撐成一枚小帳篷，可以讓落海者待上頭捱過那被搜救船機發現前的漂流時光。但他的小帆船的救生艇，可能被昨夜的巨浪衝撞，歪斜搖晃，那綁栓的繩扣扯斷，而脫落飄走了。

他說，在海面上，可是超出我們陸地人想像的，其實飄著非常多東西啊，當然最大宗的是綁著內胎的塑膠箱子，裡頭是走私客丟包的毒品或一條條洋菸，但行船人之間的規勸是，這種人家扔下的貨絕對不要去撈，很怪，你在海上只有自己一艘船，神不知鬼不覺，但之前的老鳥告訴他們，就算只是撿起一箱洋菸，最後黑道一定會找上你。其他的，像這樣的救生艇小帳篷啊，某些非常貴的檜木雕件啊，很怪像一間咖啡屋被衝入大海的什麼桌椅、冰箱、拉霸機啦，在海上的規矩就是誰撿到就屬於誰的。沒有陸地上什麼拾金不昧可能會犯侵占罪那一套。

那幾天，他的一位朋友，恰要開始從基隆去澎湖，他打電話拜託他沿途看看會否恰好看見海面上有他的救生艇（那可是一艘也要十來萬臺幣啊），當然沒有（機率太小了）。但幾天後，這朋友傳了個新聞給他，那幾天風浪極大，有一艘裝了十來只貨櫃的鐵殼船，從臺北港出發，準備由馬祖開往大陸平潭，但夜晚風浪太大，船長決定中途返船，但這艘至少像一輛大型遊覽車那麼大的鐵殼船，就神祕地消失了。無線電和衛星電話全失聯，船上有六個人，連船帶人消失在海面上，搜救單位派出大小艦艇，空偵機，許多架次，但茫茫大海一無所獲。

那一陣子也是全臺矚目的一幻象2000墜海，飛行員究竟是生是死？海空搜索完全找不到人（或屍體），大海太大了，遠超出你的想像！洋流的大範域流動，緩慢又急湧。「茫茫大海尋人」這個比喻，翻轉回原本真實狀態，遠比那字句的絕望要大千百倍。他時常內心有個滑稽的想法：會不會那位幻象2000墜毀前彈射出去的飛行員，或那艘消失的貨輪的六名船員，在人類時空之外漂流著，將要滅頂之際，突然像電影裡的神話時刻，身邊漂來不知怎麼回事的一艘小救生艇帳篷？哈哈，他遺失在大海的救生艇，意外成了這些「找不到之人」救命的浮木？

但他朋友傳來的那則新聞，其實是鐵殼船後續的海空搜尋消息：海巡署在苗栗外海，打撈到一艘無人救生艇，懷疑是那艘貨輪所有，那表示可能已發生船難，而且常有船隻在這帶海域翻覆沉沒後，幽靈般孤獨漂浮海面的救生艇。比對艇上型號，發現又不屬於該艘消失的貨輪。附上照片，他朋友寫：「咁是你的救生艇？」

真的是（因為小帆船的原廠證明寫有其配件的編號）他透過朋友，向海巡署申請提出證明，然後三個人開著小貨卡，到海巡署領那奇怪像從車潮洶湧某個路口斑馬線，撿回來皮匣的小救生船。當時他們沒有注意，那像一張大象剝下皮，癟癟（海巡署的人已將氣洩掉）但勁頭極沉的整坨，扔上貨架，回到小帆船停泊的港邊，已是深夜。

第二天，他們要將救生艇再充氣裝回小帆船側舷時，卻發現：那一坨皺巴巴的救生艇中，有一隻還沒斷奶的小貓。這整個太像KUSO版的「少年Pi」了吧？朋友們都確定昨晚的裝載過程，沒有人看見這小貓的存在，而小卡車昨夜停車庫，不可能一夜之間有母貓叼了牠的小貓侵入，藏在這坨溼溼的大物件中，那小貓是從何而來？是從海巡署那裡摸上救生艇？或是在救生艇被打撈上岸前，就神祕地在大海上漂流了幾天？

他去買了些貓罐頭，放了一碗清水，在船艙他的那間臥室，找個紙箱鋪一件運動長帽T，幫小貓布置了一個小窩，他想這真是個奇妙的緣分，他遭遇的那些事，讓他對於「在陸地上」產生了一種抽象的厭棄，但他還能躲去哪裡？最後竟然想到乾脆「乘桴於大海」，用餘生的存款，買了這艘船。但原來船這麼難搞，不，應說大海這麼難伺候，比最性情乖戾絕決的女人還天威難測，他手忙腳亂學習駕馭這小船在幾層樓高翻湧的潮浪間前行或停泊，但那可不是他從前玩的吉普車，在陸地上，車子拋錨，拉個手剎車就好了。人做為直立猿的一種，站在大海上上下翻顛的船上，那個渺小、恐懼！他吐了好幾回，後來才知道，即使跑了三十幾年遠洋漁船的老海人，還是會吐，人體沒有體制讓你內部建立，習慣馴服這種顛盪。但是老經驗的水手，就把這種站在甲板把胃囊裡的米粒、酒水、酸液，像被強勁的手指捏癟，全吐出來，當作在海上的你，很自然的一部分，就像在陸地上，你也會放屁，打噴嚏一樣。吐完了該幹什麼活還幹什麼活，沒什麼好大驚小怪的，倒是救生艇漂走，這讓他心中慌慌的，沒想到失而復得，還加贈一隻「海上來的小貓」，他想他要和這隻小貓，度過大海漂流的孤獨時光了。這是天意？

但第二天，他們上船，那隻小貓又不見了，這整個非常怪異，和岸的連接，僅是那條並不粗的纜繩，難道小貓像特技演員，半夜攀爬那纜繩，冒著一失足便落入漩渦深淵大海的恐怖，攀繩上岸？那絕對是要四隻腳攀著繩索，倒掛著移動，難度如美國綠扁帽特種部隊啊。也想過小貓是否半夜上甲板，被打入大海中，但他和朋友駕船在附近繞了一上午，沒見到任何小動物的屍體，這小貓怎麼來的？又怎麼消失的？這都是謎。

我想他之後就要在海上這樣漂來漂去了，以他的個性，一開始像男孩的冒險遊戲，但等他花個一年吧，弄熟了這些水手的竅門，可能沿著臺灣周圍的海岸，這裡停靠幾天，那裡停靠幾天，或許跑個澎湖折返，但接下來，他就要嘗試跑宮古島，沖繩，啊，之後，或就逆向當年美軍太平洋戰爭末期的跳島，菲律賓（但聽說靠南邊有擄船的海盜出沒）、帛琉、關島、塞班島、索羅門群島、馬紹爾群島……，這都是在茫茫大海（這不是形容詞，已是真實的蠻荒空間）依尋的島嶼，但有一天，他靈魂裡的渴望至無人空曠之境的衝動，一定會有某次，脫離島鏈，忘記自己小船的能耐，然後成為無人知曉的微點浮屍在那，我怎麼看也看不懂的衛星雲圖下的深藍、綠、黃、橘、紅的海流地圖。

恰好我在一個叫「再生網」的古董拍賣網上，看到有一組起拍價五萬的木雕媽祖神像，非常華麗，那媽祖漆黑的臉，但后冠珠絡垂墜，身穿的錦袍金漆燦爛，團鳳紋飾與衣褶栩栩若真，坐在金交椅上，手執笏板，左右各一侍女，再左再右，是身披雲帶，面容猙獰的千里眼、順風耳。我想去拍下來，送給他，不是說海上跑的船，都會供一尊媽祖嗎？我把這拍賣網連結貼給我另一個同是收藏臺灣古董神像雕塑的朋友K，幾天後他回信：

這組媽祖很完整，但年代又不是真的很久（我覺得百年之內，頂多民初），而且有重髹安金，整組經高人整修過，尤其是媽祖本尊，開臉不怎麼討喜，這在古董的價值上都大折損，非收藏件。

但在「再生」網站上會引發眾人流血搶標，而且他們也猜想得到，所以這組佛像在FB強打廣告，整組外觀很靚而且整理的乾淨完整（我從沒看過媽祖古佛像有五人組的，這也顯示祂們年代不久，因為老祖宗沒這麼澎湃），應該會超過十萬。

如果是自家要供奉上香，而且又不忌諱是別人拜過的佛像，因目前已超過七萬，真很愛的話十萬內可買（最後應會超過！），像是一組樂團，放家裡很隆重很嚇唬人。如要收藏，我覺得似沒價值，因年代不古，且整條痕太明顯。

但我想我還是應咬牙將之拍下來，做為他海上航行的祝福之禮。他於我有恩，在「那件事」發生之前，連著兩年過年前他都帶著他那個美如瓷雕的小女友，在我家公寓樓下喊我，我下去和他抽根菸，他便硬要塞個十萬給我。那是我失業陷於經濟困頓的時光，我幾乎是哭著嗓音和他搏鬥，要把那疊鈔票塞回，但他的手是做過工，每個指關節皆堅硬有力的手，最後鈔票總會沉匍匍地在我的外套口袋，然後他和小女友像逃跑那樣奔跑一段距離，跟我揮手。那對我何其感動，真的是雪中送炭！但後來發生了「那件事」，臺灣這邊的網站一面謾罵，罵他向老共下跪了，罵他沒有骨氣，罵他早知如此，幹嘛要去賺人民幣？當然有些原本就是敵對立場的，這時更是風言風語，這就是反核英雄的下場啊，老兄你再去反拆遷嘛，沒電影拍了可以好好去美麗灣和那些原住民兄弟一起環保抗爭啊。很怪的是，原本的朋友，一片噤聲，沒有人出來為他辯護兩句，或是說情。

之後一年，他整個陷入遠超出我們這些哥們，用打屁去關心能打撈的音域黑洞。說實話，我們這輩人，全部都是時代的弄潮兒，沒有人遭遇過這種，被海那邊上千萬人抹臭、謾罵、之後封殺，為了保護相關的朋友和合作方，發表了一篇羞辱至極的聲明，回來後又遭這邊的網民，一面倒地謾罵。他消失在我們的朋友群組裡，沒人聯絡得到他。他本來就是個孤狼性格的人，這次更是徹底消失。

我記得更多年之前，在他深坑那蟻穴的纍疊岩坡而上的破爛棄屋群其中一幢，他的租屋處，像地窖、墓穴、或監獄，裡頭養著幾十隻野貓，說是養，其實就像他把住處扔給野貓們，當牠們的祕密基地，他每有拍片，出門一兩個月，會在地板灑下兩大袋水泥包那麼大的貓飼料，另放兩大水桶清水。有時回來，屋內會有大型禽鳥的骨骸和殘物，應是野貓們去獵殺叼回的。他給自己留了一個小房間（出門必然鎖上），裡頭有他貴重的電腦、攝影、剪接器材、還有一張單人床，一個練踢腿的沙袋，真的有種夜裡來訪，必須舉火把，壁上人影巨大的中世紀修道院僧侶居處的感覺，就是那夜，他告訴我多年前，發生在他身上的一件慘劇，他的初戀女友。

一個清新甜美的女孩，在他去金門外島當兵時，一個迷戀她的男同學，邀她去家中教他數學，大概臨時起意要強姦她被抗拒，竟將女孩殺了，之後屍體用菜刀剖劈成幾大塊，分置不同黑色垃圾袋扔進垃圾子母車。這件事爆發後，自然成了當時社會新聞頭條。他是在金門的官兵餐廳，晚餐所有人擡頭看著上方懸掛的電視，晚間新聞SNG拍攝警方鑑識科人員被大批記者包圍，戴口罩手套，拎起那一袋袋垃圾袋，屏幕右上角有一張受害少女的學生證，主播說著死者的名字……

「這是我女朋友啊！」他當場抓狂跳起，眼淚鼻涕亂流，連長叫幾個強壯的班兵將他制服，外島非常恐懼這裡在臺灣的女友「兵變」的失控士兵，可能拿槍掃射全宿舍，可能攜械逃亡，可能舉槍把自己頭轟掉。將他鎖在地下碉堡，三餐送食，他當然都不吃，但每天送上幾瓶高粱酒，他一定狂灌，醉了就昏睡，醒來就嚎哭……。這樣關禁在黑暗中一個月，放他出來，讓他去當蛙人部隊的跆拳教官（他可是全國跆拳冠軍），那時的他，已經有部分，如果稱之為靈魂的東西，已經死了，剩下鋼鐵般的肉體，每天帶著蛙人弟兄，狂操猛虐……

這是他的故事。或許也因此，他在不同電影中，以演員的身分，進入那些黑暗人心的角色，可以那麼帶著說不出的迷人暴力，一種純動物性的魔性。結果人生際遇，他又在後來的人生，遇到了可能幾百萬人都不會遇到的奇怪命運。現在他連陸地都不想待了，但是海，那是魚群、鯨鯊、大王烏賊、海蛇、深海鮟鱇魚……那些上億年演化的物種在其中生死搏殺的巨大祕境，你一個兩腳帶肺泡的，跑去投奔，這不是尋死嗎？

但我能說什麼？他被網路上所有人圍殺、謾罵時，我不也是哥們中噤聲的一個？我有不痛不癢遮藏隱蔽地貼了一篇，談昆德拉小說《生命中不能承受生命之輕》裡托馬斯對「媚俗」的痛惡。當然下面立刻有人留言嗆我，我選擇不回應。我可能也是他眼中，陸地上，在他落難被群狼，不，亞馬遜食人魚，或是螞蟻大軍，包圍啃噬之際，無聲地躲在森林後面，無聲地眨著眼睛，恐懼而不伸出援手的人類同伴之一吧？

我把那整套從「再生網」標下得媽祖及其侍從們（我後來是以十萬零一元標下），分五個塞滿泡膜紙的箱子，租車運去他泊船的臨時碼頭，他看了這份賀禮，哈哈大笑：「怎麼可能在我的小船上，放這麼五尊，簡直是一支克里夫蘭騎士隊嘛。」但他似乎頗感動，後來他只肯收下那尊主神媽祖，我陪他花了半天勁將媽祖座下金交椅的四隻椅腿底部，用強力黏著膠黏在他船艙做為餐室上的一處凹進空間。我說：「希望這大海女神，庇佑你這個海上孤兒啊。」他擁抱了我，說：兄弟，謝了。

但我帶回去的那剩下四尊，怎麼說呢？失去了祂們的主神，祂們的老大的千里眼、順風耳、還有兩個盤髻古裝侍女，這樣失魂落魄的配角之神，我將祂們排放在我家電視櫃上方，怎麼看都說不出的怪。「主唱出海去的媽祖樂團」？後來我孩子把一隻原本就放在那位置的，一隻黑色塑料殼，紅項圈繫著個金色鈴鐺的招財貓，放在那四個沒有老大顯得古怪自卑的配享神偶中間，還換了小電池，招財貓在兩婢女、千里眼順風耳的簇擁下，快樂地招著手。

「這樣好多了。」

L'abécédaire de la littérature

字母會

n

游牧

comme Nomade

胡淑雯

溺死的是魚塭主人的次子。他沉落水底，深夜十一點半浮現時，已經救不回了，三歲的幼體腫大變形，死抱著一個填充玩具。那是一頭長頸鹿，與死者一般身高。那母親哭得連夜空都暗淡了，月亮整盤掉下來，落在水面發抖。那天是中秋節，養魚人家在池邊烤肉，從傍晚熱鬧到晚餐時間，在傳送水果餵食小孩的過程中，發現少了人，陸面搜尋不到，急忙往水裡去找。眾人划著小艇，撐著長篙，拿魚網打撈，就連附近的野墳也彷彿被驚動了，磷磷跳動著青光，只盼能勾起閻王的惻隱之心，發動水鬼幫忙找孩子。

事情發生的時候，我在現場。是媽媽帶我去做客的。中午自臺北搭火車南下，抵達臺西的時候天還很亮。魚塭主人是媽媽的表親，落水的男孩與我同齡，論輩分，我要叫他一聲表弟，我大他三個月。我對這起意外毫無印象，這故事，是長大後聽媽媽說的。「其實落水的不只那個小表弟，還有妳，」媽媽說，「但是妳好幸運，竟然浮在水面，沒有沉下去，所以很快就被發現了。」

在母親不穩定的敘事、虛實交構的回憶中，那一日，天氣晴朗得像是颱風前夕，所有的雲都被掃空了，夕幕落下的時刻，可以同時看見兩個完美的，圓形的星體，膨脹欲裂的太陽與柔白堅固的月亮在無限透明的天際遙遙對峙，美得令人心生恍惚，人人腳下簡直要生出第二道影子似地。天真的孩子們追著大人一直問，現在要算白天還是晚上呢？大人繼續在水邊釣魚、烤蝦、喝啤酒，孩子們搶在天黑之前死命搗蛋，虐待食物、花草與昆蟲。我穿了一件紅色的連帽斗篷，來來回回奔跑不停，只想跟風打交道，測量風的重量。晚餐過後，收攤前的水果時間，次子與我屢喚不到，眾人尋覓了一輪，發現魚塭裡，池面上，浮著一團可疑的東西，天色已經暗了，看不出色調與形體，被撈起的時候我已經沒有呼吸。母親在驚駭中瘋狂拍打我的背，抓住我的雙腿懸空倒掛，竟胡亂打通了我的命脈，把呼吸還給了我。

眾人回神過後才驚覺，同樣失蹤了的次子，可能也在水中。一邊打撈一邊忍痛把池水放掉，同時呼叫警車與救護車。但魚池又深又廣，池水流失的速度趕不上時間流失的速度。孩子終於浮現的時候，抱著他最心愛的長頸鹿，周身躺著密密麻麻的魚群。魚群在枯矮的薄水裡堆疊著，成片成片地跳動，閃耀著求生的銀光。時間已經停了。

水落石出的一刻，喪子的母親停止哭泣，沸騰的痛苦轉為明澈的冷冽，她靜靜踩過薄薄的水面，抱起自己的小孩，離開搜救者的沮喪與圍觀者的啜泣，徑自往屋子的方向走去，在人群的邊緣丟下一句：叫他爸去把長頸鹿帶回家，他們是一起的，一起回家洗澡。

為什麼？為什麼我沒有死呢？「因為妳穿了斗篷。」媽媽說，落水的時候，空氣隨風灌進披風，像失事的降落傘，又像半套救生衣。是斗篷救了我。

或者該說，是風救了我。氣流蓄在斗篷裡，將我輕輕懸起，浮在水面，像漂流的旗幟，代替我求救。事後送醫檢查，沒事，母親又哭又笑向警察與醫護道謝，隔天一早回到臺北，出了車站馬上把我送去行天宮拜拜收驚。解籤的師姊說，我命中注定要多死一次，這是福氣，但為了保險起見，我最好改名換字，抽掉姓名當中的每一滴水，並且在長大之前，學會游泳。但「長大」是什麼意思？母親睿智斷言：長大是幼體成熟至出血的時刻，由童女變成處女的瞬間。

學會游泳至今，多年以來，令我始終困惑不已的景象是：為何電影裡的角色可以輕輕鬆鬆跳進水裡，擡著下巴，一面划水一面聊天？他們要嘛在調情，要嘛在觀察敵情，或悠哉地欣賞水邊的地質與風景，有的在自救，有的在救人，救人者在抱人負重、單臂划水之際，還能做出複雜的判斷，開聰明的玩笑。我羨慕電影裡的那些人。游泳不該是埋頭苦幹的運動，至少，我希望自己在水中遇險的時候，有能力持續而大聲地呼救。水死的記憶將憂患植入我的身心，像前世殘餘的碎夢。我領受了母親為我編輯的故事，就算它並不總是忠於事實。十九歲的那個夏天，為了在水中學會擡頭挺胸，練習「調情自救式」，我差點把自己害死。

我記得那天很熱。九月的太陽頂住燦白的天空，一片雲都沒有。夏豔焦灼，暴死了一地的蟬。樹蔭下沒有躺椅，泳池裡空無一人。這所露天泳池已經停收門票，只等著拆除了。跳板斜成滑梯，圍欄鏽成斑駁的屎黃色，呆紅的漆皮脫落了，但池水還是美的。

緩緩游了幾趟充當熱身，有個救生員出現了。方臉、平頭、紅色泳褲，發達的腿肌，黝黑的皮膚。雙手懶懶擱在腰上，午睡剛醒的樣子。原來這座泳池還在營業啊。

「妳的蛙式不對喔。」趴在岸邊打水時，救生員這麼告訴我。

我知道自己的泳技實在不怎麼樣。

「妳踢水的方式，是十年前的舊路子，」救生員說，「現在都不這樣教了。」

「我的方法不好嗎？」

救生員搖搖頭，「這種踢法太費力了，而且速度比較慢……手的角度也不對……」他刨著空氣為我示範，「雙手應該向下挖，不是向外挖，妳看妳（他模仿我的手勢）……掌心向外，朝左右挖……這樣是不可能全速前進的。」

在救生員的指導下，我調整了踢水與收腿的角度。

「想像妳的雙腿之間，夾著一顆西瓜，不是小玉西瓜喔，」他自以為幽默地說，「是抱起來很重、殺起來很爽的紅肉西瓜。」

我沿著水池的底線，橫向來回，在他眼下划了幾趟。

「妳的大腿張得太開了，浪費力氣，而且不夠優雅。」

他跳進水裡，說，「妳先出發，我幫妳看看。」反正他很閒，而我很好學。

在這座鏽鐵與磁磚圈圍的廢墟之中，只有我們兩個。

他尾隨我身後，在水汪汪的透明之中，觀察我的雙腿。

陽光像注射器，金色的光束灌進來，水光中沒有發亮的魚。

我幻想自己是個水腫的男孩，被暗流默默啣走了遺骨。這幻想令我悚然欲哭。——但人在水中還能怎麼哭呢？哭泣是如此大吸大吐大耗氧氣的心肺運動。

出了水面，教練——是的，救生員已然升格成為我的教練——欣慰地說，「不錯，妳很不錯，我講的妳馬上就吸收了。」

「那你可以教我擡頭蛙嗎？」我問。

「妳是說……」

「擡頭挺胸一邊划水還能一邊講話大喊救命的那種。」

「喔，」他懂了，「這麼簡單的東西還要教喔？」

有人跨上單車馬上找到平衡就上路了，有人不行。有人轉轉舌頭便掌握了異國語言的發音訣竅有人不行。英文行的中文不行，中文行的臺語不行。教練扶著我的腰說妳這樣不行。我的身體一再前傾，無法放鬆挺直扎入水中，將池水踩踏征服於我的腳下。我會游泳，也會換氣，但是我不會玩水。我將雙手搭在他的肩上，有時掛在他的頸後，我找不到平衡感。

教練扶著我的腰說妳這樣不行，接著將雙手往下挪，凜著眉目，端正我的臀部，說，「繼續。」

我奮力划動四肢，亂了氣息，時而抓住他的上臂，像一個即將溺水的人。

幾度掙扎過後，教練溫柔譴責了一聲，雙手再往下，捧著我的臀部，繼續。

我啟動全身的大小肌肉，捕捉，捕捉，捕捉稍縱即逝的瞬間平衡。——這東西怎麼那麼難啊？也許我不該接受他的護持，附力於他的身體，倚賴他的力量。

也許他應該放手。

直到他以膝蓋抵住我的胯下，我還在滿心誠意地自問：這樣對嗎？他這樣碰我對嗎？我這樣猜忌對方，是否太小家子氣了？

小學五年級的時候，國文老師對我做的那件事情我還記得。那細軟如妖的、六十歲的掌心，我還記得。老頭子的皮膚白得像個吃官飯的，手背的斑點浮出來，像獸紋。老師很香，職業級的壞蛋總是很香，輕聲細語，養著潔淨的指甲。為了混淆女孩對事實的認知，擺出慈祥和藹的姿態，一直稱讚妳好乖好乖。

畫室裡的事情我也記得。嚴格說來那不是畫室，是無照安親班。梅雨滯悶的五月，地下室沒有空調，老師的指尖黏黏的，貼在奇怪的地方，像野狗的舌頭。

教練右手扶著我的腋窩，左手捧著我的臀部，單足屈膝，抵住我，抵住恥骨環護的，性的領地。就這樣單腳踩在水裡，天啊他好強壯。我啟動全身的肌肉，努力划水，想靠自己的力量，擡頭挺胸浮起來。一旦我做到了，就能離開對方施加於我的力量。

漸漸地，他放開了右手，放掉我的腋窩。接著放開左手，放掉我的臀部。但是膝蓋還留在原位，頂住我的鼠蹊，以之為我創造支點。以之教育我，或者侵略我。我愈是起疑愈是失衡，與膝蓋的接觸面積就愈大。如此對峙了幾秒，他突然出手扣住我的泳衣，環指扣住我泳衣的最底，把手指穿進衣料裡面。

瞬間我啟動了本能，推開他，回身游向岸邊，跳上地面。

泳池裡別無他人，只有一個獵人，與一頭獵物。

糟糕。我遇到電影裡的角色了。

我閃進更衣間。老舊的木門已然壞損，無法上鎖。

這個泳池根本不營業了，哪來的救生員？只有我這種笨蛋會上這種當。純潔，尤其女人的純潔，真是一種要命的壞教育。

我不打算洗浴，只想火速換掉泳衣，迅速逃離。

他很壯，變態的肌肉發達得像爆炸的性欲。他不是救生員，絕對不是。他不救生，只欺生。

更衣間虛掩的木門咿呀一聲，打開了。正要卸下泳衣的我止住了行動。我該在離開水池以後直接奔進大街的，為何還要換衣服呢？

他堵在門口，死直的目光釘住我。一聲不吭，沉默如謎，眼底熬出厲厲的燄火。那焰火絕非明豔開朗的熱情，卻是由陰鬱的寒氣壓縮而成的某種、或可名之為「極端性」的黑暗。一團黑色的火。

「回到水裡去，學會了才准離開。」他說。聲音沒有高低，沒有起伏，無喜無怒，無情無義。我是一隻落單的小雞，他輕易就能扭斷我的脖子。

我被迫回到水中，在暴力的脅迫底下繼續划水，學習自救。

學會了才准離開。

這吃人的水。

我跳進水裡，全速前進，感覺自己放光了力氣，墜入泳池的一道縫裡，死了。在水縫中的白色空間裡，遇見一頭漂亮的長頸鹿，水生的，長了鰓。

我跟長頸鹿玩了一陣，才確認了自己的死訊，因為我不再呼吸。緊接著又發現：像我這樣的死人，竟然，也是可以做夢的。

夢中的長頸鹿張開四肢，每一肢都伸得比頸子更長，在漆黑如井的水縫中游泳。我學著牠的動作，跟緊牠的節奏，丟棄了蛙式自由式，學會了全新的長頸式。每划一次水，窄縫就打開一些。

划一次，開一些。

划一次，開一些。將窄小如瓶的水縫，游成深闊的海洋。赤手空拳推開四面八方擠來的牆。

我將自己的十根手指送給牠，牠給我四隻腳蹄以為交換，直到我們纏著頸子告別，我才發現自己的脖子也變長了。而牠就這樣離開我了，像當年的那個次子一樣。留下一份禮物，要我再怎麼害怕也要相信自己可以，過一種，寧願涉險逼近真實而不急著逃跑的人生。——小鹿送我一份來自域外的承諾：妳可以再死一次。牠用眼睛告訴我，這是次子給我的祝福。

暮色將至，圓形的滿月躲在樹頂，像一盤慘白的陰影。淡紫色的霞光溢開了，即將被黑夜吞沒。白色的鳥成群結隊朝遠山裡去。我困在這方死水之中，踢打著水中不存在的月亮。男子肌肉賁張，浮出血脈，右手箝住我的腋窩、我的乳房，左手挾制我的大腿。

我擡頭挺胸，讓自己豎直於水中。只要我學會了，就可以離開了。唯有留下來，才可以離開。唯有在這裡學會原地踏水，我才能夠全身而退。

他將膝蓋屈起來，抵住我的命，再將手指伸進來。

我不敢碰觸他的身體。我拒絕碰觸他的身體。我不要借用他的力量。

我垂直於透明的浮力之上，啟動全身的肌肉，戰慄著每一吋發紫的皮膚，為恐懼顫抖，也為稍縱即逝的平衡感發抖。起風了。那曾經救我一命的風。恍惚中我好像聞到烤肉的氣味，誰家的母親在寂寞的廚房裡準備晚餐，等待貪玩的孩子。附近有操場，依稀喧鬧著球賽的歡呼。

恐懼蓄滿至潰決的時刻，四肢的關節像脫落一般鬆開，我抓到竅門了。我找到自己的支點，輕輕抖落男子的膝蓋，將自己收離，以細不可察的速度一吋一吋，順著風向與水流，緩緩漂開。

我很害怕，但是我必須擡頭挺胸，面向他，看住他的一舉一動。

男子站起來，將水波踩在腳底，像是準備要向我走近，雙眼不眨，不轉，不分神，眼白閃爍著水面的月光……。

我愈是害怕，愈是不可背向他。

我曾經死過一次。
我可以再死一次。

L'abécédaire de la littérature

字母會

n

評論

comme Nomade

潘怡帆

「游牧」是純粹且嚴酷的說書技藝，它不是天馬行空的自由漫談，亦不是馬不停蹄的無限延長訴說，它是《如果在冬夜，一個旅人》從第三十二頁不斷跳轉第十七頁卻始終「無法進入的第三十三頁」；是遊歷天下卻寸步未離騎士小說藏書架的《堂吉訶德》；是延遲黎明破曉的《一千零一夜》；是永恆一日的《祕密的奇蹟》；是把不斷外翻的細枝末節（番外篇）重新摺回故事之中的塌縮運動；是「以離開拒絕離開」的作品生機運動。六位小說家，於是構築出六種「不動之原動」的作品生態。

童偉格的N是時鐘的游牧。看似每分每秒向前移動的時鐘，其實是以十二格刻度為期，不斷循環且重來的「時間不動」，它以前進取消前進，以遠離原點而趨近於原點。時鐘的游牧依相同路線遷移，構成恆常如是的運動，它是吳佩真、小東與李先生日復一日的重複流程：「李先生提兩個便當來接班」時，便是兩天過去了；吳佩真「著裝完備，自己去便利商店買瓶裝水，奶酥麵包和巧克力棒，然後去學校」，新的一天展開了。他們以循環固定了時間，取消赫拉克利圖斯「無法重來」的時間河，以原地的折返跑消弭一去不回的光陰暗湧。他們以重複取消離開，使時間歸零的運動以變化形構秩序，如同四季、節氣或潮汐，由是構成了「無人稱」的宇宙規律。「所有那些在固定位置上，卻又像是被長久閒置的人」都是無面孔的時鐘人，例如站櫃檯的，清垃圾桶的，或每隔十分鐘來吸菸室清菸灰缸的……他們毋須臉孔辨識，而是通過運動被標記，從《愛麗絲夢遊仙境》裡追趕時間的兔子蛻變成被參照的時間，如康德的散步制定了柯尼斯堡的時鐘。吳佩真發現自己是「一個記號，一個不可能更移的路標，除此以外，一切都在奔跑」；因為腦傷，小東從做房仲、玩重機，被離心甩出日子天天翻新的時間；因為破產，李先生從奔波於各機場的時間中脫落；傷害或變故使人掉出原有的時間，使哈姆雷特的時間「脫節了」，使小東、李先生與吳佩真的時間「停了」。然而，這亦是個人差異的時間對大寫時間的永恆回歸，從某一高度來看，所有的變故無非是奈米般的運動，微不足道的生滅，毫無殊異地匯聚到世界的運轉中，最終使眾人抹去臉孔，成為推動時間單位的蜉蝣：上午、下午、傍晚、一天、兩天……。如同吳佩真的電話將資源班老師愈拉愈近，讓跑遠了「長成更不一樣」的班長再回來；不被辨識的陌生人破壞群狗與孩黨的結構，然而，轉瞬之間，變化再度被遺忘，能長出「和現在不一樣」，動搖時間走勢的希冀沒有發生，嬗變最終被宇宙吞入規律的時間軸，回歸小東、李先生與吳佩真所構成的「時間本身」。小說裡「什麼大事都做不了」，不是因為沒有任何改變，而是所有的大事或變故都只能以奈米大小成為宇宙裡的微粒，換算成「近日世上無事發生」的結語。而當時間指針以宇宙的寬度做為錶面，我們彷彿聽見最後一位莫拉亞人的噠噠腳步聲，由遠至近地，將時鐘的游牧撥回到童偉格的字母D。

與童偉格的順時鐘對望，黃崇凱反向操作運動，他以棒球場內不斷奔回本壘的循環，闡明「就地強度旅行」的游牧。棒球從本壘起跑，以逆時針方向，經過一壘、二壘和三壘，最終重新回到本壘而得分。由於得分的規則，使棒球對起點的返回同是對自身的踰越，因而，其游牧不僅止於原地重返的循環，更通過重回原點，倍增堅持旅行的威力。原點必然同時是對原點的越界，因而小說以現實世界中的名球員吳昌征為起點，虛構同名為「吳昌征」的球團經理人（大家都以為我爸取這個名字是向他致敬，其實一點屁關係都沒有，單純巧合）；麥可・路易士二〇〇三年出版的《魔球》通過吳總的標準版與小謝的暗黑版，先後製造了兩種解讀方式；由改變美國大聯盟生態的Epstein繁衍出第二個「DWED」；轉播鏡頭裡的球賽指向鏡頭外，不可見的無後製球場……它們分別以極其相似卻又差異的描述（從個人轉向球團勝率提升、從大數據策略轉往球員夢工廠的養成計畫、從改變美國大聯盟到改變世界棒球生態……）一再疊合起點卻又越界達陣得分。由是，棒球運動以原地循環證成其積累威力的可能性，如同小說一方面通過球員的生命經歷描述定點的游牧：「他們看起來到處比賽，在不同年紀、不同球場、不同賽事，其實哪裡也沒去，就只是花漫長的時間學會控制把一顆球準確投進一些特定方框裡，或者揮舞球棒把球打得飛遠」；另一方面則以球團經營者不斷繁殖球員的人力循環（沒人知道我在這裡打出了多少支全壘打），指出其內在蘊含著「另一種迂迴前進最高殿堂的機會」，在封閉的場內運動中摺入橫跨九十年的棒球史。由是，作者以整個球場做為蒸汽機的鍋爐，召喚現代性對未來的希冀，那是對不可想像的想像，是朝向未來開放的「只要比賽還沒結束，誰知道會怎樣？」。由蒸汽機帶動的現代性是對難以想像之速度與力量的強烈震懾，有別於對已知對象的想像延續，蒸汽機召喚不可認識對象的在場，體現一種非人的機械動力對人類認知極限的破壞。對蒸汽動力界限的無法預期、未知與不可見，啟動了波特萊爾對現代性的狂想，換言之，這是奠基在不可想像之上的想像，是以無預設之姿朝向未來的徹底開放。由是，本篇將敘事設定為二〇二六年的寓意浮現，球團經理人吳昌征做為可能翻轉過去棒球經營策略史的潛能與無窮可能性（小說以日本兩次逆轉勝美國為暗示），成為作者面向未來所投出的球，那是以不可限量的可能性對未來／未知的投射與描摹，亦是小說／虛構對未來的寫入。由是，黃崇凱以棒球的逆時針游牧挺進未來，重返字母A的越界得分。

童偉格與黃崇凱頭尾相銜而一再復始的封閉循環，到了陳雪小說裡，游牧的驅力則形構出關於「尋找」的永恆運動。辭去警察職務的N，在島嶼內展開或者搭公車或者捷運、高鐵火車、騎重機等方式的持續移動。他應工作需求四處偵探，在不屬於他的現場出沒，破獲與他無關的謎案。Case close本應終結尋找，然而偵探只存活於「尋找」的過程，於是我們發現N在他人的資料堆裡重複揣摩著同一樁未解的懸案：「每一個人的死亡都令N想起他的妻與子，猶如每個人的喪失都與他切身相關。」每一起嶄新案件無非是舊案重演，每破獲一回，都是為了再啟動另一次的重新尋找，如同他暫居的大廈，「外觀嶄新、內裡老舊」，或他走訪每宗案件裡的各種關係人：「似乎都想要對命案說點什麼，而最後說起的總是自己的人生。」看似周旋於不同時空的前進，其實卻在自己人生的重複裡周而復始，寸步未移。陳雪用鑷子夾掉瞳仁般，摘去解答，使N的尋找猶如失去靈魂，盲目的原地空轉，於是無法停止，也從未離開。N的徒然尋找在所有人身上不斷重演：被死亡永恆凍結在找球當下的兒子、以一再回溯時間來尋找兒子的妻、尋找男友不明死因的R，以及小說裡真正要被尋找，卻往往被屏蔽於他人故事背後（或者跳接成R，或者又變回N的話題）的J……每一次的尋找都從「文不對題」的邊緣滑開，回到「重新尋找」，使所有人的尋找都像是為了重複N的鏡像，或者其實根本就是N一人分飾多角的N1、N2……孫悟空的無窮分身，其實從未脫離只有一個自我的真相，誠如小說提到：「唯有進入尋找他人的生死之謎，方可解除他對自身命運的質問。」從他人的故事中，我們反覆尋找／閱讀的始終是自己的身世，游牧無非是同一路線的內在反覆。沿著故事線而一再復發的死亡（妻的、兒子的、J的）逐漸結晶出N最終應驗的宿命：他與J（或所有死者）合體，「將繩索調好，套圈於頸脖……雙腿如舞蹈般下蹲、深吸一口氣，躍高，後踢、下墜，拉直身體，就可以到達未來。」尋找與死亡的二重奏，使我們彷彿再次聽見《獵人格拉庫斯》的輓歌正悄然接近，預告著這場將會持續延宕的死之游牧。

陳雪游牧於永恆尋找的途中，顏忠賢則因為記憶的變形，遺失「可尋回的終點」而不得不繼續游牧。如同伊利耶城以《追憶逝水年華》中的貢布雷之名被記憶，小城易名使記憶尾隨語言，長出雙重的城市：不存在的貢布雷與被遺忘的伊利耶。伊利耶城是普魯斯特內心深處的貢布雷，也是與小說裡的描述不盡相同的另一個城市。現實的誤差使記憶從複誦轉往差異，記憶的倍增則證實了重複昔日的不可能性。記憶一再修訂往事，使過去未曾發生之事，通過語言長出肉身，它創造了自己的誕生，追逐無可考的過去，以言說記憶展開游牧。小說裡老年癡呆症的老母（外婆）一再漏空的記憶，迫使所有人的話語無法停止游牧，為了屏蔽阿公（老母的丈夫）的死亡，不斷覆蓋上各種缺席的理由：他出去了、去找朋友喝茶、去銀行領錢、去外頭散步、去開會……於是，最短淺的記憶暫留形成了最漫長的語言游牧。顏忠賢搭建龐大的記憶集中營，通過記不得（遺忘）的老母繁殖眾人的記憶。補綴在記憶缺口上的哄騙使老母向後迴帶的記憶一再放映新影像，新的過去長出血管交纏著已鏤空穿孔的舊事，蛻變為真實（被記得的）的經歷，她因而在丈夫的喪禮上期待著他短暫離去的歸來：從朋友處，從銀行，從會議裡……四面八方趕回來的阿公（們）把同一樁葬禮切割成無數多場，使死亡一再發生：「好多人都死了……」，在朋友處的、銀行裡的、會議上的阿公（們）。記憶因揑造而在場，覆寫未曾如此記得的人的記憶，使哀傷與遺憾逐一成真。老母記憶長度的驟減，倍增著阿公死亡的次數與速度（必須想出哄騙老母的新劇本），已知的悲劇因為反覆預告的將臨（阿公快回來了）而重演，成為環繞死亡飛翔的永恆盤旋，「像是老唱盤黑膠唱片的放完之後唱針桿損壞嚴重而無法自動回到原點的始終卡在唱片最末端卡卡嘶嘶的弱小嘶吼聲的老是一直重來的令人疲憊不堪……老小孩們就被困在老母那個跳針感封入的結界。」破洞的記憶引來一場語言的游牧，吐露的字句不斷構成新的記憶，迫人重返那遭逢更動的片刻，為記憶重新排序，如是，記憶逐語言而游牧，以不斷膨脹的過去建築著永無停工之日的城堡。

顏忠賢通過語言迫使記憶游牧，駱以軍則從語言內部啟動游牧的安那其，語義隨著話流不斷移居與遷徙。然而，不同於單純的移動，游牧使遷徙朝向賦歸，使離開同時鄰近目的地與終點，使啟程亦是返航，如同敘事從「他」的角度一路偏移向「我」。小說敘事逆反思考慣性，把直路截成曲道：捲入驚濤駭浪裡的帆船危機其實正準備靠岸；當讀者揪心於刮壞的船舷時，便無法注意到悄然溜出眼角餘光外，離奇失蹤的救生艇。出現在打撈失蹤飛機與貨輪現場的救生艇，把「找不到」的窘境扭轉成「找到」的荒誕：唯一尋獲的總是那根本不在搜索名單上的意外與另外之物（找不到的飛機與找到的救生艇）。尋回救生艇成為失蹤事件裡最偶然的巧合，然而彷彿還嫌不夠KUSO，從海上歸來的救生艇一併帶回了一隻幼貓（小貓從何而來？是從海巡署那裡摸上救生艇？或是在救生艇被打撈上岸前已神祕地在大海上漂流了幾天？），像一連失蹤幾天的母貓懷抱來路不明的身孕回家。於是，找尋遺失之物永恆導致失敗，因為被尋回的總已是另一不可測事件的誕生，第二天旋即失蹤的小貓如同懸置謎題的截斷尋找，也截斷了環繞「他」為中心的敘事。轉調成「我」的敘事把關於「他」的前半段小說收束到「我」的額顳葉，使他的故事成為我腦內的想像描述。狀似主客易位的小說（從他到我）卻其實從未脫離使「他」成為海上浪人（故事前半段）的「那件事」。於是「我」成為腹語師掌中的戲偶，訴說著他藏匿於腹肚的內心話：被監禁於碉堡而無法復仇的嚎哭、被抹臭謾罵封鎖辯駁的沉默、被明哲保身疏離的孤寂……不同的事件有志一同地繞「那件事」飛旋卻從未直搗核心，如同使「我」成為繞「他」而轉的衛星，聲東擊西的魔術手勢。小說結局以歡快搖手的招財貓撤換了五神組裡的主神媽祖，使我們忽然醒悟，這一連串張冠李戴的敘事無非為了說明事件核心的缺席。我所說的將不是我要說的，而是以粉墨登場去描摹缺席的不可見，如招財貓之於媽祖，救生艇之於幻象 2000，我與他的遭遇之於「那件事」……游牧以運動構成「拒絕離開」的障眼法，旋轉木馬以定點移動使全世界跟著飛翔。小說是為了不可說而說，不是使不可說可說，而是通過使語言及已說展開游牧，感知不可說將是何等的不可說，誠如駱以軍所言：「遺失在大海的救生艇，意外成了這些『找不到之人』救命的浮木。」語言必須從作者想說的作品中遺失，以便在無人知曉的時刻拯救不可見讀者的心靈，這是使語言游牧與句子脫節的必要性。由是，作家使語言在既定意義上從事離心運動，掙脫鎖鏈，在小說內部展開域外的無盡游牧。

駱以軍展現語言內部的安那其，胡淑雯則通過把同一剖半成差異，展開語言的原地游牧：兩個同齡的孩子，一生一死；同時出現的太陽與月亮，一顆膨脹欲裂，一顆柔白堅固；母親懷抱著尋回卻同時喪失的死去的兒子，情緒由沸騰的痛苦轉為明澈的冷冽；以「長大」區辨童女與處女。以及隨著情節凶險，疾速暴漲出連續漸層：調情與觀察敵情，三歲與十九歲的兩次死亡（或二次死裡逃生的復活）與兩個相同無雲的天，一個「這樣對嗎？」的疑慮分裂成兩重問號（他這樣碰我對嗎，或是我太小家子氣？）；雜揉成共同體的老師與騷擾、教學與性、純潔與壞教育、救生與欺生、留下與離開……相互矛盾卻共生的處境把敘事一分為二，把事實的堅硬抖成搖晃的帷幕，使陳述同時看似疑問，如同敘事者「我」提到：「我領受了母親為我編輯的故事」，而我的故事源自於「母親不穩定的敘事、虛實交構的回憶」。唯有通過語言，才使事件成形並長成記憶。然而語言描繪也啟動想像的細枝末節，使輪廓線在精確畫下的同時一併被動搖而抹除，如小說裡教練頂住敘事者鼠蹊的膝蓋，一個「支撐」動作衍生教育或侵略的二重想像，相同的句子歧出不同立場的交頭接耳，語言繁衍出內幕，事實蛻變成多重可能的故事。一旦開始言說，差異版本便攀附語言前來，從魚塭老闆次子溺死的事件裡長出了另一個奇蹟般活下來的孩子；從游泳教練扶持的掌心竄出小學老師淫黏的指尖，「像野狗的舌頭」又將地下室的悶溼空間帶回游泳池裡滑溜的手。語言使不同時空的場景交疊暈染，使每一次的言說都附帶多過一種想像，混淆對事實的認知，把畫上的句點撇歪成逗號。敘事者問，什麼使她從溺水事件裡轉活；媽媽說，她身上的斗篷灌了風，「或者該說，是風救了我。氣流蓄在斗篷裡，將我輕輕懸起，浮在水面，像漂流的旗幟，代替我求救。」斗篷灌風變形成求救旗幟，變形（降落傘或救生衣）成為活命的關鍵，使敘事者活下來，讓次子以死亡告終的事件通過另一個相同歲數的孩子二次張開故事。小說提到，「他們是一起的」，死去的孩子和與之等高的長頸鹿、同時高掛的太陽月亮、同樣歲數的兩個孩子……唯有語言才能穿透矛盾地並置一切，使停滯的再次轉動，把既定的重置成懷疑。語言使母親從死亡中孕育出生命，使敘事者從無有記憶萌生「水死」的憂患……於是，小說通過語言游牧招來了大風吹，使事件原地變形成故事的無限增生，如敘事者所言，「妳可以再死一次。牠（長頸鹿）用眼睛告訴我，這是次子給我的祝福。……我曾經死過一次。我可以再死一次。」敘事者活著，因為次子死了，同一的矛盾使他們成為彼此的語言鏡像，只要活一個，另一個便能永恆地攀附前來。由是，語言銘刻下「永生」的祝福與「無法死去」的詛咒，展開二者之間的復返游牧。

作者簡介

◉策畫

楊凱麟

一九六八年生，嘉義人。巴黎第八大學哲學場域與轉型研究所博士，臺北藝術大學藝術跨域研究所教授。研究當代法國哲學、美學與文學。著有《虛構集：哲學工作筆記》、《書寫與影像：法國思想，在地實踐》、《分裂分析福柯》、《分裂分析德勒茲》與《祖父的六抽小櫃》；譯有《消失的美學》、《德勒茲論傅柯》、《德勒茲，存有的喧囂》等。

◉小說作者（依姓名筆畫）

胡淑雯

一九七〇年生，臺北人。著有長篇小說《太陽的血是黑的》；短篇小說《哀豔是童年》；歷史書寫《無法送達的遺書：記那些在恐怖年代失落的人》（主編、合著）。

陳雪

一九七〇年生，臺中人。著有長篇小說《摩天大樓》、《迷宮中的戀人》、《附魔者》、《無人知曉的我》、《陳春天》、《橋上的孩子》、《愛情酒店》、《惡魔的女兒》；短篇小說《她睡著時他最愛她》、《蝴蝶》、《鬼手》、《夢遊1994》、《惡女書》；散文《像我這樣的一個拉子》、《我們都是千瘡百孔的戀人》、《戀愛課：戀人的五十道習題》、《臺妹時光》、《人妻日記》（合著）、《天使熱愛的生活》、《只愛陌生人：峇里島》。

童偉格

一九七七年生，萬里人。著有長篇小說《西北雨》、《無傷時代》；短篇小說《王考》；散文《童話故事》；舞臺劇本《小事》。

黃崇凱

一九八一年生，雲林人。著有長篇小說《文藝春秋》、《黃色小說》、《壞掉的人》、《比冥王星更遠的地方》；短篇小說《靴子腿》。

駱以軍

一九六七年生，臺北人，祖籍安徽無為。著有長篇小說《匡超人》、《女兒》、《西夏旅館》、《我未來次子關於我的回憶》、《遠方》、《遣悲懷》、《月球姓氏》、《第三個舞者》；短篇小說《降生十二星座》、《我們》、《妻夢狗》、《我們自夜闇的酒館離開》、《紅字團》；詩集《棄的故事》；散文《胡人說書》、《肥瘦對寫》（合著）、《願我們的歡樂長留：小兒子2》、《小兒子》、《臉之書》、《經濟大蕭條時期的夢遊街》、《我愛羅》；童話《和小星說童話》等。

顏忠賢

一九六五年生，彰化人。著有長篇小說《三寶西洋鑑》、《寶島大旅社》、《殘念》、《老天使俱樂部》；詩集《世界盡頭》；散文《壞設計達人》、《穿著Vivienne Westwood馬甲的灰姑娘》、《明信片旅行主義》、《時髦讀書機器》、《巴黎與臺北的密談》、《軟城市》、《無深度旅遊指南》、《電影妄想症》；論文集《影像地誌學》、《不在場——顏忠賢空間學論文集》；藝術作品集：《軟建築》、《偷偷混亂：一個不前衛藝術家在紐約的一年》、《鬼畫符》、《雲，及其不明飛行物》、《刺身》、《阿賢》、《J-SHOT：我的耶路撒冷陰影》、《J-WALK：我的耶路撒冷症候群》、《遊——一種建築的說書術，或是五回城市的奧德塞》等。

◉評論

潘怡帆

一九七八年生，高雄人。巴黎第十大學哲學博士。專業領域為法國當代哲學及文學理論。著有《論書寫：莫里斯・布朗肖思想中那不可言明的問題》、〈重複或差異的「寫作」：論郭松棻的〈寫作〉與〈論寫作〉〉等；譯有《論幸福》、《從卡夫卡到卡夫卡》，二〇一七年以《論幸福》獲得臺灣法語譯者協會第一屆人文社會科學類翻譯獎。

字母 LETTER

字母LETTER：陳雪專輯
Vol.2 2017 Dec. 定價250元

字母LETTER：駱以軍專輯
Vol.1 2017 Sep. 定價150元

字母LETTER：顏忠賢專輯
Vol.3 2018 Mar. 定價300元

既然已經奢侈了，就奢侈到底了，就把到目前為止這二十年，當成一個漫長的準備。準備……更有意義的寫作。————童偉格

童偉格專輯的主題為「致新世界」。衰老、敗亡、消逝、荒廢……終有一死的人類，卻擁有以語言重新創造世界的能力，因此所有「新世界」或「新興國家」的存在證明，文學經常是重要標記，是企圖恢復因遭遇殖民或各種力量破壞殆盡的依憑，對文學家而言，不是現實影響了作品，而是從文學中重新使「無傷的新世界」誕生。臺灣文學發展了好幾個階段，我們將在童偉格身上重新思索這個創世紀的時刻：面對北海岸一去不復返的凋萎，他以詩學的創造使這些挫敗的人事物進入不斷復活的迴圈。因此童偉格不是新鄉土命名的本土作家，而是在鄉土的反面質問「鄉土」誕生的條件，使它的永恆不是在現世與當下，而是透過文學重新封包留存。

一九九九年開始獲文學獎後，二十五歲出版第一本作品集《王考》，三十三歲以長篇小說《西北雨》獲臺灣文學金典獎的童偉格，是當代臺灣小說家當中，理論與創作能力皆扎實的一位，他所焊接的內外之橋、東西文明行走的共同軌道，在在呈現臺灣文學在哲學與美學層次上，已發展出與世界傑出小說技藝對話的能力。專輯將邀請臺灣文學研究者林運鴻評論《無傷時代》以現代主義的筆力，寫鄉土文學的一隅，並與王文興《家變》比較社會秩序變遷對家的瓦解。馬華小說家賀淑芳則將探究童偉格的小說話語底下，人類對孤絕存在的意識。更有字母會策畫者楊凱麟教授剖析童偉格的時間問題。專訪也把場景拉到小說家的家鄉北海岸，在行走訪問中，童偉格深談自己的閱讀養成、寫作初始與每一個階段的苦心突破、以及文學與鄉土的矛盾關係等問題。

以「延伸新世界」為基調，本期將策劃藝術領域與閱讀的關係，以及文學裡的新世界兩個特別企畫。除了採訪備受矚目的舞蹈家周書毅、戲作家簡莉穎，談及閱讀對他們創作的影響，文學與新世界則將針對美國《基列》三部曲、澳洲《行過地獄之路》、俄羅斯——蘇聯《二手時代》、印度《極樂之邦》、印尼《美傷》等五本書進行評論，鋪陳出十九世紀至今在各個所謂新世界，文學家已經予以回覆的主題，並由童偉格、韋炳達、吳乃德、羅苡珊與房慧真進行評論。

字母LETTER：童偉格專輯
Vol.4 2018 Jun. 定價300元

字母

18

字母會N游牧

作　　者—楊凱麟、童偉格、黃崇凱、陳　雪、顏忠賢、駱以軍、胡淑雯、潘怡帆

總 編 輯—莊瑞琳

責任編輯—吳芳碩

行銷企畫—甘彩蓉

封面設計—林小乙

排版設計—張瑜卿

社　　長—郭重興

發行人兼出版總監—曾大福

出　　版—衛城出版／遠足文化事業股份有限公司

發　　行—遠足文化事業股份有限公司

地　　址—二三一四一　新北市新店區民權路一〇八–二號九樓

電　　話—〇二–二二一八一四一七

傳　　真—〇二–八六六七一〇六五

客服專線—〇八〇〇–二二一〇二九

法律顧問—華洋國際專利商標事務所　蘇文生律師

製　　版—瑞豐電腦製版印刷股份有限公司

初　　版—二〇一八年六月

定　　價—二八〇元

國家圖書館出版品預行編目資料

字母會N游牧／楊凱麟等作．
–初版–新北市：衛城出版：遠足文化發行，2018.06
面；公分–(字母；18)
ISBN 978-986-96435-4-2（平裝）
857.61　　　107005948

ACRO
POLIS
衛城

字母會
FACEBOOK

填寫本書
線上回函

● 親愛的讀者你好，非常感謝你購買衛城出版品。
我們非常需要你的意見，請於回函中告訴我們你對此書的意見，
我們會針對你的意見加強改進。

若不方便郵寄回函，歡迎傳真或EMAIL給我們。
傳真電話——02-2218-8057
EMAIL——acropolis@bookrep.com.tw

或上網搜尋「衛城出版FACEBOOK」
http://www.facebook.com/acropolispublish

● 讀者資料

你的性別是 □ 男性 □ 女性 □ 其他

你的職業是 ________________ 你的最高學歷是 ________________

年齡 □ 20 歲以下 □ 21-30 歲 □ 31-40 歲 □ 41-50 歲 □ 51-60 歲 □ 61 歲以上

若你願意留下 e-mail，我們將優先寄送 ________________ 衛城出版相關活動訊息與優惠活動

● 購書資料

● 請問你是從哪裡得知本書出版訊息？（可複選）
□ 實體書店 □ 網路書店 □ 報紙 □ 電視 □ 網路 □ 廣播 □ 雜誌 □ 朋友介紹
□ 參加講座活動 □ 其他 ________

● 是在哪裡購買的呢？（單選）
□ 實體連鎖書店 □ 網路書店 □ 獨立書店 □ 傳統書店 □ 團購 □ 其他 ________

● 讓你燃起購買慾的主要原因是？（可複選）
□ 對此類主題感興趣
□ 參加講座後，覺得好像不賴
□ 覺得書籍設計好美，看起來好有質感！
□ 價格優惠吸引我
□ 議題好熱，好像很多人都在看，我也想知道裡面在寫什麼
□ 其實我沒有買書啦！這是送（借）的
□ 其他 ________

● 如果你覺得這本書還不錯，那它的優點是？（可複選）
□ 內容主題具參考價值 □ 文筆流暢 □ 書籍整體設計優美 □ 價格實在 □ 其他 ________

● 如果你覺得這本書讓你好失望，請務必告訴我們它的缺點（可複選）
□ 內容與想像中不符 □ 文筆不流暢 □ 印刷品質差 □ 版面設計影響閱讀 □ 價格偏高 □ 其他 ________

● 大都經由哪些管道得到書籍出版訊息？（可複選）
□ 實體書店 □ 網路書店 □ 報紙 □ 電視 □ 網路 □ 廣播 □ 親友介紹 □ 圖書館 □ 其他 ______

● 習慣購書的地方是？（可複選）
□ 實體連鎖書店 □ 網路書店 □ 獨立書店 □ 傳統書店 □ 學校團購 □ 其他 ________

● 如果你發現書中錯字或是內文有任何需要改進之處，請不吝給我們指教，我們將於再版時更正錯誤

____
____
____
____
____

請沿虛線剪下

廣告回信
板橋郵局登記證
板橋廣字第1139號

請直接投郵•郵資由本公司支付

23141
新北市新店區民權路108-2號9樓

衛城出版 收

● 請沿虛線對折裝訂後寄回，謝謝！

ACRO POLIS 衛城出版